書下ろし

刑事の殺意

西川 司

祥伝社文庫

目次

第一章　同期

カッカッ……カッカッカッ……——アスファルトを蹴《け》る靴音をせわしなく響かせ、喘《あえ》ぎながら薄闇の中をふたつの男の黒い影が距離を置いて走ってゆく。

あとがないところまで追いつめられた人間は、体力や年齢の限界をいともたやすく飛び越える。とても六十歳を超えているとは思えない脚力だ。

しかし、少しずつ距離が縮《ちぢ》まりつつあることを察知したのだろう、前を行く男が不意に車道へ飛び出した。

右斜めにある、信号が青の横断歩道へ逃げてゆく。

すかさずあたりを確かめる。車も巻き添えになる者もいない。

(大丈夫だッ)

——走りながら、左胸のホルダーに収まっている拳銃を抜き取った。

男が渡ろうとしている横断歩道まで追いつき、直線上にうしろ姿を捉《とら》えた。

「止まれッ！　さもなくば、撃つぞ！」

拳銃を構え、腰を落として叫《さけ》んだ。

男はピタリと足を止めた。

そして、横断歩道の真ん中あたりで背中を丸め、両膝に手をついて肩を上下させながら苦しそうに呼吸している。

カチッ――撃鉄を起こす乾いた音が響いた。

男は観念したように背中を伸ばし、広げた両手をゆっくりと宙に上げた。

「よおし、動くな。そのままじっとしているんだッ……」

荒くなっている息を整え、逸《はや》る気持ちを抑えながら、慎重な足取りで横断歩道へ一歩足を踏み入れる。男はじっとしたままだ。

一歩、また一歩と近づいてゆく――男との距離、およそ五メートル……と、横断歩道の青信号が点滅しはじめた。

ちらと信号に目をやった。その瞬間、張りつめていた空気が動いた。視界の端にいた男が走り出していた。

（！――）

思わず、引き金の人差し指に力を込めた――が、突然、網膜《もうまく》が光に包まれ、視界を失った。同時に、耳をつんざく車の急ブレーキの音がこだました。

ドン！――視界が戻ると、男の体が黒い物体となって闇夜に舞っていた。

ドサッ！――止まった車の五メートルほど先のアスファルトの上に男の体が叩き落とされた。

「野村《のむら》ぁ！」

我《われ》に返って走り寄り、横たわっている男を抱き起こしたとたん、

（これは……いったいどういうことだ⁉）

目を疑った。野村健一《けんいち》ではない。野村に殺された親友の沢木《さわき》が口から血を噴《ふ》き出している。

咄嗟《とっさ》に車中の運転席に視線を向けた。

闇の中から男の肩と口元だけが切《き》り取ったように浮かび上がって見えた。

肉の薄い冷酷そうな唇の左端を吊りあげて笑っている。

制服の肩にバッジが光っていた。金色の四連の旭日章《きょくじつしょう》――。

（警視総監――そんなバカなッ！……）

やがて、視界がゆっくりとブラックアウトしていった。

「お父さん、聞いてる？」

広げている新聞越しに、瑠璃《るり》のいら立った声が飛んできた。

「――ン？」

島田直治《しまだなおはる》は、我に返って顔を上げた。

没頭するような重大な記事が載っているわけではなかった。ただ義務的に目で活字を追っていただけにすぎない。

脳裏は今朝《けさ》がた見た夢に支配されていて、起きたときからすべてが上《うわ》の空なのだ。

「すまん。なんの話だ？」

「だからぁ、今日は非番で日曜日でしょ。おじいちゃんのとこ、行かれるの？」

トーストにハムエッグとコーヒーを載せたトレイを島田の前に置きながら、瑠璃が怪訝《けげん》な顔をして訊《き》いた。

瑠璃のいうおじいちゃんとは、一年ほど前に死んだ妻、美也子《みやこ》の父、河合敬一郎《かわいけいいちろう》のことである。

半月ほど前、体調を崩して病院へ行った義父は精密検査を受けた結果、大腸癌《がん》だと診断されて、そのまま入院している。

「ああ、そのつもりだ。おじいちゃんの具合、どうだった？」

昨日、瑠璃は見舞いに行くと言っていた。島田は昨夜も帰宅が遅くなり、家に着いたときには、瑠璃はもう就寝していた。

「元気そうにはしてたけど、やっぱり相当ショックを受けてるのよ。食事ちゃんと取っていないんじゃないかなあ、痩《や》せちゃってた」

瑠璃はトーストにマーガリンを塗《ぬ》る手を止め、肩を落として言った。

担当医師からは本人にもすでに告知されているのだが、七十八歳という年齢から体力的なことを考えると手術をすべきかどうかは判断が難しく、家族で相談して決めてほしいと言われている。

「そうか……で、本人は手術はどうするって？」

「あたしは何度もしたほうがいいって言ったんだけど、おじいちゃん、なかなかうんって言ってくれないのよ。ねえ、今日会ったらお父さんからも強く言ってよ」

「おまえが言ってもきかないんじゃ、父さんが言ってもどうかな」

これが実の父親ならためらうことなく自分の意見を言うだろう。しかし義理の父親となると、なんにつけても遠慮がある。まして、美也子が亡くなってからはなおさらだった。

「おじいちゃんも、頑固《がんこ》だからね」

「おじいちゃん〝も〟？」

お父さんも負けず劣らずだと言いたいのだろう。苦笑いを浮かべてちらっと見る。

と、瑠璃は小さく肩をすくめた。

島田が義父と最後に会ったのは、美也子の四十九日だった。あのときも酒を酌《く》み交《か》わすつもりだったが、夕方近くになって呼び出しがかかり、捜査本部に駆り出される羽目になってろくに話もできなかった。

「瑠璃、おまえ、ヒマならいっしょに行かないか？」

身支度を整えた島田は無理を承知で、リビングで雑誌を読んでいた瑠璃に声をかけた。

出かける段になって、義父と病室でふたりきりになる図を想像したとたん気が重くなってきたのだ。

義父は島田には他人行儀で口数も少ないが、ひとり娘が産んだ孫の瑠璃には相好《そうごう》を崩して饒舌《じょうぜつ》になる。ふたりで説得すれば、手術に応じると言ってくれるかもしれないと思ったのだ。

「ヒマなんかじゃないわよ。もう少ししたら、あたし出かけるんだもの」

言われてみると、たしかによそ行きの服装に着替えて化粧もしている。

「そうか――」

「前々から約束してたのよ。あ、会社の同僚よ」

瑠璃の目が泳いでいる。

（彼氏とデートか……）

瑠璃も二十四歳なのだ。彼氏がいてもおかしくない。いや、むしろいないほうが心配になるというものだ。

どんな相手なのか気にはなるが、かといって問い質《ただ》すわけにもいかない。島田は曖《あい》昧《まい》な笑みを浮かべた。

「なによ？」

「ン？」

「今、笑ったじゃない」

瑠璃は、ふくれっ面《つら》をしている。だが、その視線は以前のような敵意のこもったものではない。

「そうか？」

とぼけた。

「そうよ。ほんと、人の言うこと信用しないんだから。これだから――」

「刑事っていやよね、か？」

苦笑して瑠璃の口癖を先に言ってやった。

「そんなこと言ってないでしょう?」

瑠璃は呆《あき》れたといわんばかりの顔をしている。

こういうときも以前なら敵意に満ちた視線を向けて「ええ、そうよ」とケンカ腰で言い返し、自分の部屋にさっさと引き上げていったものだ。瑠璃もそれだけ大人になったということなのか。

「あ、お父さん、夕ご飯、あたし食べてきちゃうかもしれないけど――」

瑠璃は、ばつの悪そうな顔をして言った。

「どこかで適当に食べるさ。おじいちゃんに何か伝えておくことはないか?」

「昨日、会ってきたばかりだし特には――あ、家から何か取ってきてほしいものがあったら教えてって言っといて」

「ああ。じゃ、行ってくる」

島田は重い足取りで玄関に向かった。

信濃町《しなのまち》の駅に着いたのは、午前十時を少し過ぎたころだった。

河合敬一郎は、駅前からもその建物が間近に見える慶應《けいおう》義塾《ぎじゅく》大学病院の一号棟五階の六人部屋に入院している。

改札を抜け出て空を見上げると、昨夜は一晩じゅう強い木枯《こが》らしが吹いていたが、今朝は一転して小春日和《びより》の気持ちのいい青空が広がっていた。

歩いて十分足らずで病院に着いた。刑事という仕事柄、この病院には事情聴取などで何度か来たことがある。義父の病室には迷うことなくたどり着けた。

「やあ、来てくれたのかい」

窓辺のベッドから外の景色に目をやっていた義父が気配に気づき、少し驚いた様子で皺《しわ》深い顔を向けて言った。

「すみません。すぐに来られなくて――」

入院して十日以上も経つというのに、初めての見舞いなのだ。いくら忙しかったとはいえ、やはり申し訳なさが先に立つ。

「忙しい身なんだ。気にせんでいいさ」

そう言いながらも、退屈していたのだろう、うれしそうに笑みを浮かべている。

義父はもともと痩せている人ではあったが、瑠璃が言ったとおり、以前に比べても痩せ細ったように見える。顔色もよくない。

「これ――まだ読んでないといいんですが」

ベッド近くのパイプ椅子《いす》に腰をかけ、乗り換え駅の新宿《しんじゅく》の書店で買ってきた本を取り出した。全部で五冊。どれも時代小説の文庫ばかりである。

義父は退職してから時代小説、特に同心が活躍するものを好んで読んでいると、いつだったか美也子が言っていたのを記憶していたのだ。江戸市中を巡回して歩く同心に自分を重ねながら読んでいるのだろう。

河合敬一郎は、派出所勤務ひと筋の警察官人生を送った人である。戦後の混乱期に警察署の給仕《きゅうじ》となり、その真面目さを見込まれて巡査を拝命。以来四十年にわたって地域住民の暮らしの安全、安心を守るために半生を捧げた外勤警察官の鑑《かがみ》のような人だ。

定年退官して制服を脱いだ後も、町内会の防犯パトロール隊の組織作りを買って出るなど面倒見がよく、住民たちから感謝されていた。

『島田さん』――美也子と結婚してからも、義父は島田をそう呼んだ。「さん」づけはやめてくれるよう幾度も美也子にそれとなく伝えてもらったものだが、義父は頑《かたく》なに「さん」づけを通した。

『仕方ないわよ。父は根っからの警察官なんだもの。だから、気にしないで』

美也子はそのたびに困り、笑顔を見せて言った。

派出所勤務で万年巡査の警察官である自分が、たとえ娘の夫であろうと階級が上であるばかりでなく大卒で、しかも本庁勤めの島田を「くん」づけなどできないということらしい。あの年代の警察官は、徹底的な軍隊的教育を受けているのだ。

島田も島田で河合敬一郎を「お義父さん」と本人の前で呼んだことはない。叩き上げで外勤警察官の鑑とも言うべき河合敬一郎に対して、「お義父さん」など と親しげに呼ぶことは、同じ警察官としてははばかられる――そんな想いが無意識に働いていたように思う。

それに加えて捜査づけの毎日を送っていた島田は、義父と顔を合わせることなどほんの数回程度で、ゆっくりくつろいで話す機会がなかったということもある。

「これはありがたい。入院患者には読書がなによりの暇《ひま》つぶしになる。どれどれ――」

義父は老眼鏡をかけて、病院の室内着からはみ出した骨と皮だけの腕を伸ばして本を手に取り、既読した本か否《いな》か確かめている。

美也子と同じ癌という病に冒《おか》され、彼女の面影《おもかげ》を残す義父の横顔を見ていると、島田はどうにもいたたまれない気持ちになってきた。

「どれもまだ読んでないものばかりだ。楽しみに読ませてもらうよ」

義父は顔を上げ、満足げに相好を崩して言った。

「そうですか。それはよかった。で、どうですか？　具合のほうは」

島田は、ぎこちない笑顔を向けて言った。

「なんてことはない。痛みが出ても薬を飲めば治まる」

強がっているのか、義父は平然とした顔で答えた。

「瑠璃が何か取ってきてほしいものがあったら聞いておいてくれと言っていました。何か必要なもの、ありませんか？」

「ないない」

老眼鏡をはずしながら、義父は血管が浮き出ている細い手を力なく振り、

「ご近所さんたちが入れ替わり立ち替わりきてくれるんだ。必要なものは、思い出したらその人たちに頼めばいいから」

と薄い笑みを浮かべて言った。

九年前に妻に先立たれている義父は信濃町の隣駅、千駄ヶ谷《せんだや》の一軒家にひとりで住んでいる。遠くの身内より近くの他人ということか——島田は胸がちくりと痛んだ。

それきり会話はつづかなかった。頭の中で何か話題を探してみても思いつかない。

瑠璃に言われたように、手術を受けるように言うべきだろうか——しばし考えていると不意に、

「島田さん、あなたには迷惑ばかりかけてしまうなあ」

と義父がポツリと言った。

「？——何をおっしゃるんですか」

島田が戸惑った顔をすると、義父は視線を宙に向けて、

「美也子が逝《い》ってからまだ一年も経っていないのに、今度はわたしが、しかも同じ癌ときた。だが、手術はせんことに決めた。痛い思いをしてまで、これ以上長生きしたいとは思わない」

と、物悲しい笑みを浮かべて言った。

いざ本人から先に言われると、島田は返す言葉がなかった。妻に先立たれ、ひとり娘にも逝かれてしまっているのだ。義父と同じ立場に立たされたら、自分もおそらく同じ決断をするのではないか？　いや、きっとそうするだろうと思う。

言葉に窮《きゅう》していると、

「島田さん、迷惑ついでにひとつ頼みがあるんだが——」

義父は島田に視線を向けた。

「なんでしょう？　わたしにできることなら、なんでもおっしゃってください」

義父はひとつ息をつくと、

「わたしの係累といえば、もはやあなたと瑠璃だけだ。申し訳ないが、わたしに何かあったときは、あとのことをよろしくお願いしたい」

と頭を下げ、島田を見つめた。覚悟を決めた目だった。

そんなことを言うものじゃありませんよ。今は病気を治すことだけを考えて――覚悟を決めた目をしている義父に、そんなありふれた常套句《じょうとうく》を言うのは却《かえ》って無礼だという気がした。島田はまっすぐに義父を見つめ返し、静かにしっかりと頷《うなず》いた。

義父はほっとした顔になって笑みを浮かべると、

「ありがとう」

と言い、窓の外に目を移した。

が、すぐに島田に顔を向けて、

「ああ、同期だった沢木さんを殺害した男をとうとう見つけ出したそうだね」

と言った。

驚いた。誰からそんなことを？　と言う前に、

「昨日、瑠璃から聞いた」

義父が言った。

「瑠璃に？……」

おかしい。自分はそんなことを瑠璃に言った覚えはない。

しばし逡巡《しゅんじゅん》して、ようやく思い当たった。

（——青木《あおき》か……）

島田と組んでいる若い東大卒キャリアの青木警部補は、二ヵ月ほど前に相談があると言って一度だけ自宅に来たことがある。

相談というのは、警察官をこのままつづけるべきか、それとも辞めるべきかという人生を左右する重大なものだった。

原因は相談に来る少し前に起きた事件にあった。逃走する強盗及び銃刀法違反の犯人を追ったとき、犯人の前で転んでしまった青木は犯人にピストルを突き付けられて人質にされてしまうという失態を演じた。

島田が犯人を説得して、なんとか青木を無傷で救い出して逮捕することができたのだが、その一件で青木はすっかり刑事をやっていく自信を失ったのだ。

その相談の会話の中で青木は、島田が二十五年前に同期の刑事だった沢木を殺害して逃亡をつづけている野村健一という男を、今もたったひとりで追っている話を持ち出し、それを二階にいたはずの瑠璃が偶然聞いてしまったのである。

瑠璃はその後も島田に内緒で青木と会い、殺された沢木が島田の親友であると同時に、かつて美也子が想いを寄せていた男だったということも知ったのだった。

それを知るまで瑠璃は、刑事という仕事に没頭して家庭を顧《かえり》みなかった島田を嫌悪していた。そのうえ美也子が乳癌になって入院してからも、滅多《めった》に見舞いにも来ない島田に瑠璃は敵意さえ抱くようになった。

そして、美也子が危篤《きとく》に陥《おちい》った際にも事件の現場に張り付いていた島田がようやく病院に駆け付けたときには、美也子はすでに息を引き取った後だった。

茫然《ぼうぜん》とする島田に瑠璃は、

『そんなに刑事の仕事が大事!?　かわいそう……おかあさん、かわいそうよぉ！』

と美也子の亡きがらにしがみついて号泣したのだった。

あのときの怨《うら》みのこもった悲痛な叫び声は、今も島田の耳に残っている。

だが、青木の話で島田と沢木、美也子の三人の関係を知った瑠璃は、自分は父のことをずっと誤解していたと青木に言ったという。

そして、警察官を辞めると言い出した青木に瑠璃は、

『そんなの卑怯《ひきょう》よ。今でも沢木殺害事件をたったひとりで追いつづけている父の力になって欲しい。父に命を助けられて感謝しているのなら、警察官を辞めるのはそれからあとでもいいじゃない』

と目にいっぱい涙をためて訴えたというのだ。

その野村健一をついに探し出し、追い詰めることができたのはひと月前のことで、その現場に青木もいたのである。

沢木を殺した野村健一との顚末《てんまつ》を知っていて、瑠璃と接点がある者といえば青木しかいない。

それにしても野村健一とのことを青木のほうから瑠璃に報告したのだろうか？　それとも瑠璃のほうから連絡して聞き出したのだろうか？

いずれにしても、その後も瑠璃が青木とたびたび会っていたのは間違いなさそうだ。

（ン？　もしかすると今日これから会う約束があるというのは、青木なのか？……）

出がけの瑠璃の目が泳いでいた様を島田が思い出していると、

「美也子の願いが通じたのかもしれんなぁ」

と義父が言った。

「今、なんて？――」

またも不意を突かれ、島田は一瞬、意味がわからなかった。

「口に出して言わなかったようだが、あなたがひとりで沢木さんの事件をずっと追っていたことを美也子は知っていたんだよ。わたしが見舞いに行ったとき、美也子が教えてくれた。まあそれが、あの子との最後の会話になってしまったが……」

島田は言葉を失いそうになった。

（――やはり、知っていたのか……）

家庭を顧みず、刑事の仕事に没頭しつづけていた島田に美也子は一度として非難めいた言葉を口にしたことはなかった。

美也子は察していたのだ――沢木があんなことにならなければ、間違いなく美也子は自分とではなく沢木と結ばれていただろう。美也子が自分の妻になったのは、沢木が死んでしまったからなのだ。そして娘までもうけた。そんな幸せな家庭に浸《つ》かってしまいそうになる自分にいら立ち、激しい罪悪感を抱くようになってしまった。だからこそ、沢木を殺害した犯人を自分の手で捕まえたかった。そうすることが美也子が想いを寄せていた沢木へのせめてもの供養《くよう》であり、償《つぐな》いだと島田が思っていたことを。

「今更《いまさら》ですが――美也子には苦労のかけどおしでした。本当にすまないことをしたと思っています」

島田家は夫婦喧嘩《げんか》こそなかったものの、家族団らんなどとはほど遠い家庭だった。

家族旅行というものも一度もしたことがない。家のことは一切、美也子に任せきりで、島田は捜査に没頭しつづけたのだ。

せめて生きているうちに、沢木を殺した真犯人の野村健一を自分の手で捕まえることができたら、美也子はどんなに喜んでくれただろう……。

「何を言っているんだね。あなたがそんなことを思うことはないさ」

義父は呆れたような口調で言った。

「しかし、わたしは美也子の死に目にさえ立ち会ってやることができなかった……」

美也子は、どんなに恨めしく思ったことだろう。

「刑事の妻になったときから、そんな覚悟はできていたさ。夫が無事で仕事をしているだけで、自分は充分に満足している——美也子は常々わたしにそう言っていた……」

義父は美也子を思い出しているのだろう、遠くを見るような眼差《まなざ》しをして言った。

本心であってほしい。だが、そうではないだろう。警察官だった父親の前ではそう言うしかないではないか……島田は美也子を改めて不憫《ふびん》に思う。

「ともかく、二十五年もかかった事件《ヤマ》が片付いてなによりだ。これであなたも肩の荷が下りたでしょう」

「…………」

島田が答えずにいると、義父は訝《いぶか》しい顔をして島田の顔を見つめた。

「決まりがついたんじゃないのかね？」

島田は返答に窮した。野村健一を追い詰め、沢木殺害を自白させたことで決着はついたはずだった。

だが、沢木が殺害されるまでの過程で、警察組織の沢木に対する裏切りがあった可能性が極めて高いことを、島田は野村健一の今際《いまわ》の際《きわ》の告白で知ってしまったのである。

沢木は上司の命令で、ヤクザ者である野村健一と裏取引きを行った。だが、その後、ハシゴを外され、消されることになったのだ。

だから、今朝《けさ》がた見たあんな夢を何度も見てしまうのだ。現実に起きたことに島田の想念が入り混じった忌《い》まわしい夢を——。

（裏切りがあったのかどうか、おれは確かめなければならない。警察という組織が、保身や体面を保つためなら命懸けで捜査に当たる刑事の命が失われても致し方のないことだと考える、上層部の一部の人間に牛耳《ぎゅうじ》られるほど腐っている組織なのかどうか——それを確かめずして、このまま警察官人生を終えるわけにはいかないッ……）

「島田さん、その事件のことで、まだ腑に落ちないことが何かあるのかね？」

「あ、いえ――」

言ってはいけない。今の段階では憶測に過ぎないのだ。そんな話を警察官だったことに今も誇りを持ちつづけ、そう遠くない日に人生を終えようとしている河合敬一郎に告げるべきではない。

「そうか。言えんことなのか……」

義父は落胆したような、寂しそうな眼をして、つぶやくように言った。

気まずい沈黙がつづいた――と、胸ポケットに入れてある携帯電話が振動した。

「ちょっと、すみません」

発信先は強行犯3係係長の古賀《こが》からだった。上司だが、かつては部下で、島田が唯一信用している男である。古賀からの電話に島田は救われた気がした。

「会社からです」

警察官は勤務先を「会社」と呼ぶ。義父は目で「行きなさい」と言っていた。

「すみません。近いうちに、また来ます」

島田は義父に一礼して、足早に病室を出て行った。

事件現場は、港区《みなと》赤坂《あかさか》九丁目の氷川《ひかわ》公園近くの雑居ビルが建ち並ぶ一角の屋上だった。

タクシーで島田が臨場すると、そのビルの前にパトカー二台と捜査車両一台が止まっていた。近くに人だかりができている。

島田は人だかりをかき分け、規制線の内側に立っている若い制服警察官に警察手帳を見せた。

「ごくろうさまです」

制服警官は敬礼し、捜査員が現場で身につけることを義務づけられている「捜査」と書かれている腕章を島田に差し出した。

「ありがとう」

島田は腕章を取り付けて、足早にビルの中へ入って行った。エレベーターに乗り、最上階の八階のボタンを押す。入口にもエレベーター内にも防犯カメラはなかった。壁に店名が貼り付けられているプレートを眺めた。ホステスたちが接客する高級クラブとおぼしき店ばかりだった。

エレベーターが止まり、ドアが開いた。狭いフロアは昼間でも日が入らないために薄暗く、夜の華やかさとはほど遠い静けさだった。八階に入っているのは、「クラブ・サラン」「クラブ・明洞《ミョンドン》」のふたつの店だけだ。非常階段に通じる鉄扉が開けられている。そこから屋上へつづく階段を上っていった。

屋上に出ると、

「ごくろうさまです、どうぞ」

若い鑑識課員のひとりがやってきて、白手袋と靴の上に履《は》く透明なビニールの靴袋を差し出しながら声をかけてきた。

「すまん」

島田は受け取った白手袋と靴袋を身につけ、屋上の隅で鑑識課員に交じってしゃがみ込んでいる背広姿の男の背後に近寄っていった。

そばまで行くと、コンクリートの床に左胸にナイフが突き刺さった男が目を見開き、口を開けて仰向けに倒れているのが見えた。四十代半《なか》ばだろう。安物の背広姿だ。死体の近くには何もない。

「ごくろうさん――」

島田はしゃがみ込んでいる、所轄の機動捜査隊員と思われる男に声をかけて、反対側に回って同じようにしゃがみ込み、被害者となった男に手を合わせた。

機動捜査隊は二十四時間の交代勤務体制で、刑事事件、特に捜査一課が扱う殺人や傷害、強盗といった事件の初動捜査を担当する。

ふたりひと組で捜査車両に乗って所轄地域を密行警らし、隊員が事故や事件を目撃するか一一〇番通報入電の無線を傍受すると現場に急行して初動捜査に当たることになっている。

島田が拝《おが》み終えると、

「赤坂署の沼田《ぬまた》です」

男が言った。知らない顔の捜査員だった。沼田も四十代半ばといったところだろう。背は高くはないが細身で、どこか陰を感じさせた。

「島田です。身元は？」

「これを――」

沼田は財布を差し出した。受け取り、中を調べた。現金二万四千円とクレジットカードが二枚。運転免許証があり、被害者は杉森次郎《すぎもりじろう》。四十四歳。住所は中野《なかの》区鷺宮《さぎのみや》二丁目四番地、エクレール鷺宮三〇一号室。

そして、新宿区歌舞伎《かぶき》町一－五－×、丹沢《たんざわ》総合調査会社・調査員、杉森次郎と印刷されている名刺が五枚。

（興信所か？……）

さらに『クラブ・サラン店長　李明佑《りめいゆう》』という名刺が一枚だけあった。

（八階にあった店だ）

「物盗りではなさそうだな」

誰にともなくつぶやくように言った。聞こえているはずの沼田は遺体に目を落としたまま何も答えなかった。

「第一発見者です」

男の声がして見上げると、三十代半ばの捜査員が警備会社の制服を着た年配の男を連れてきた。

「どうも――」

警備会社の年配の男の顔は青ざめている。

「すでに訊かれたことと重複するかもしれませんが、発見した時間をなるべく正確に教えてください」

島田が訊いた。

「はい。午前十時十……三、四分です。いつもの巡回で見回りに来たら、こんなことになっていて」

「このビルの巡回は一日一回ですか？」

「はい。昨日来たときはこんなことには……」

「屋上に出る、あのドアにはふだん鍵はかけられていないんですか？」

「ええ。ここはご覧のとおり防護柵がなくて危険ですから、鍵をかけるようにビルのオーナーには言っているんですが、店の経営者たちが言うことを聞いてくれないらしくて」

「おおよその死亡推定時刻は？」

近くにいた鑑識課員に訊いた。

「はい。死後硬直の度合いから見て、おそらく昨夜の零時以降じゃないかと思われます。詳しい時間帯は後ほど報告します」

島田は頷き、再び警備会社の男に視線を向けた。

「被害者の財布の中に、八階のクラブ・サランの店長の名刺がありました。昨夜は土曜日です。サランという店は営業していたんですかね？」

赤坂は繁華街であると同時にビジネス街でもある。土日祝日は死んだようにひっそりとしているのだ。

「さあ、どうでしょう？　でも、このビルはコリアンクラブが多いんです。何軒かは店を開けているようですから、営業していたかもしれません」

あとで調べれば、すぐにわかることだ。島田は第一発見者である警備員に、今のところこれ以上訊くことはないと判断した。

「何かあるかい？」

さっきからずっと死体に目を向けたまま、自分の名前以外ひと言も発しない沼田に訊いた。

「いえ。特には――」

沼田は、ちらっと島田に下から目を向けて答えると、また死体に視線を移した。

（妙な男だな――）

島田は沼田という捜査員に違和感を抱いた。

所轄署の機動捜査隊員は、各部署の刑事の中から抜擢された者がなるのが一般的で、本庁の捜査員が出向いてくると張り切るものだ。

本庁の捜査員たちに優秀と認められれば、所轄からさらに本庁捜査一課の機動捜査隊に抜擢されるからである。

だが、沼田にはそんな雰囲気がまったく感じられない。本庁の捜査員に反感を抱き、出世など興味がない――所轄によくいるひねくれ者なのだろうか？

「では、お引き取りいただいて結構です。またあとでご協力願うことがあるかもしれませんが――」

　去ってゆく警備員を目で追っていると、

「遅れて申し訳ありません」

　すれ違うように屋上の入口から青木が足早にやってきた。

　瑠璃と会っていたんじゃないのだろうか？――咄嗟にそんな思いが過ったが、今はそんなことはどうでもいいことだと思い直す。

「青木警部補だ」

　あえて階級を言って紹介した。

　青木はどう見ても二十代である。本庁勤めで警部補といえば、キャリアだということがすぐにわかる。所轄の捜査員と会わせるときは、身分を先に明かしたほうが衝突が少ないのだ。

「青木です」

　青木は沼田ともうひとりの若い刑事に向かって軽く頭を下げた。

「沼田です」

　沼田は、しゃがんだまま顔だけ向けて、形ばかりの会釈をして言った。

「横山《よこやま》です」

沼田の近くに立っている三十代半ばの刑事も軽い会釈を返した。

挨拶《あいさつ》を済ますと青木は被害者のそばにしゃがみ込み、手を合わせた。以前より少しは様になってきている。

「被害者《ガイシャ》の身元と勤務先はわかっている。財布の中には現金二万四千円とクレジットカードがあった。それから八階のクラブ・サランという店の店長の名刺が一枚入っていた。他に他人の名刺はなかった。第一発見者からは、今さっき聴取したばかりだ。特に手がかりになるような情報は得られなかった」

島田は青木にそう言い、

「下にいた連中から、何か聞けたかい？」

と横山と名乗った捜査員に訊いた。

「いえ。ただの野次馬ばかりでした。これといったことは何も――」

「そうか――被害者《ガイシャ》を見て何か気づいたことがあったら聞かせてもらおうか？」

沼田、横山、青木の三人に声をかけた。青木と横山は沼田の顔を見た。先輩を立て、自分はあとで言おうとしているのだ。

が、沼田は相変わらず、死体をじっと見ているだけで何も言おうとはしない。

「青木くん、どうだ？」

先に横山を指名しては直属の上司の沼田に遠慮するだろうと思い、島田は青木を促した。

「はい。マル害には防御創もなく、心臓を一突きされています。顔見知りの犯行ではないでしょうか」

島田は被害者のことを「ガイシャ」と呼ぶが、若い青木は「マル害」と言う。隠語に決まりがあるわけではない。刑事もののテレビドラマや映画、小説などで、やたらと「ガイシャ」という言葉が使われるようになり、隠語の意味がなくなってきたということで、最近では被害者を「マル害」と呼ぶ捜査員が多くなっている。

「沼田さん、あんたは？」

「――元サッカンです」

（⁉……）

島田は耳を疑った。青木も横山も驚いた顔をしている。

サッカンとは、言うまでもなく警察官を指す――島田はしゃがみ込んだままの沼田を見据えた。

「知り合いなのか？」

「ええ。同期でした。サッカンを辞めたのは十五年も前になります。それきり会っていませんでしたが――」

沼田は、それきり口をつぐんでしまった。奇妙な態度に見えたのは、そういうことだったのだ。

「横山くん、君は何か他に気づいたことはあるかい？」

島田は気を取り直して訊いた。

「はあ。自分も青木警部補と同じことを思いました」

すると三人が答え終わるのを待っていたかのように、

「沼田さん、仏さん、まだ運んじゃまずいですか？」

三十代後半と思われる鑑識課員が、恐る恐る声をかけてきた。

赤坂署の鑑識課員なのだろう、島田の見覚えのある顔ではない。言葉づかいや態度から沼田に気を使っている素振りがうかがえる。沼田はやはり、やり手刑事なのだろう。

「すまん。もういい――ですかね？」

沼田は途中まで言って、島田の判断を仰いだ。

「ああ、頼む」

鑑識課員たちが被害者の遺体を担架《たんか》に載せて運んでいくと、沼田はようやく立ち上がって、

「これから直接遺族に会いに行って、身元確認をお願いしに行こうと思うのですが――」

と言った。

「わたしが行こうか？」

島田は、いやがうえにも沢木が殺されたときのことを思い出していた。

沢木の両親に会ったときの、あの無力感とやり切れなさは今も忘れることができない。

「いえ、わたしが――」

沼田はさっき、同期と言っても十五年前に警察官を辞めて以来、一度も会っていなかったと言っていた。驚きこそあったものの、自分のときのようなショックはないのだろう。

「そうか――じゃ、頼む」

沼田と横山は軽く頭を下げ、その場から去っていった。

「元警察官で、しかも同期だったなんて驚きましたね」

目で見送っている島田に、青木が気遣うような声を出して言った。

「ああ」

「一刻も早く犯人《ホシ》を挙《あ》げたいものですね」

(できれば、沼田というあの刑事の手でな……)

沼田と被害者となった杉森次郎という男が、どれほどの関係だったのかは知らない。しかし、同期だったのだ。二十五年前、沢木を殺した野村健一を取り逃がした自分のような目にあわせたくはない。

「島田さんは、何か気づいたことは?」

「いや——よく落ちなかったもんだというくらいのことかな」

死体位置マークから、ビルの下に集まっている人だかりを見下ろして言った。

高さ二十メートルはあるだろう。犯人に、ギリギリまで追い詰められて刺されたということになる。

「昨夜は風が強かったが、ここらあたりはどうだったのかな?」

「まったくの手ぶらだったというのは、ボクも気になっていました。しかし、いくら風が強かったといってもバッグが飛ばされるほどの突風は吹かなかったでしょう。何か持っていたとしたら、犯人が持ち去ったと考えるべきじゃないでしょうか」

青木はさすがに頭の回転が速い。一言えば十返ってくる。打てば響くというやつだ。

島田は、昨夜ここで起きたことを目撃できそうな者がいる建物がないか、屋上から見える風景を眺めた。

このビルより高い建物は数多く見えるが、どれもかなり遠く離れている。目の前や横並びのビルは、多少の凸凹《でこぼこ》はあるが似たりよったりの高さで、飲食店や会社の入っているオフィスビルばかりだ。人が住んでいるマンションは見当たらない。この屋上で起こった現場を目撃している人間がいる可能性は極めて低いだろう。

だが、無駄足になることは覚悟で、昨夜と同じように人のいない日曜日の今夜、またこの現場に来てみる必要がある。昼間とはまた違った風景が広がって、何か手がかりを見つけることができるかもしれないからだ。

島田は携帯電話を取り出して、財布の中にあった名刺を見ながら被害者の勤め先である丹沢総合調査会社というところに電話をかけてみた。

興信所ならば日曜日でもやっているだろうと思ったのだ。

案《あん》の定《じょう》、コール音二回でつながった。

『はい、丹沢総合調査――』

初老と思われる男が出た。

「警視庁の島田といいます。杉森次郎さんのことで連絡しました。これからそちらへうかがいたいのですが――」

遺体となって発見されたことは伏せた。

ほんの少し間があって、

『わかりました――』

興信所という仕事柄、警察からの電話に慣れているのだろう、相手はさして動揺することなく了承した。

「ここは、あとは鑑識さんたちに任せよう」

電話を切ると島田は、コンクリートの床を這《は》うようにして鑑識活動に励む捜査員たちにねぎらいの言葉をかけ、青木と現場を後にした。


丹沢総合調査会社は、新宿区役所通りの裏にある古ぼけたビルの中にあった。四階建ての二階にその事務所がある。

「腹ごしらえしておこう。あそこでいいか?」

午後一時を回っていた。島田は近くにあったくすんだ色ののれんがかかっている中華料理店を目で指して言った。

「はい」

店内は日曜日の新宿にもかかわらず、中年のカップルがひと組いるだけで閑散としていた。昼時を過ぎているからだろうが、手入れが行きとどいていない店内を見ると、どうやら普段から流行《はや》っていない店のようだ。

青木には少し悪い気がしたが、腹が満たされればそれでいい。島田は無難なラーメン、青木はチャーハンを注文した。

「あの、今日、お義父さんのお見舞いだったんですよね？」

店員が去るのを待って青木が言った。

島田は水を口元に運ぶ手を止めた。やはり瑠璃が会う約束があると言っていたのは、青木だったのだ。もしかするととは思っていたが、平然と言われると面食らう。

「ああ」

平静を保って声を出した。

「間が悪いですね、そんなときに呼び出しがかかるなんて」

青木には、まるで悪びれた様子がない。

「お互いさまなんじゃないのか？」

言っておきながら、島田は妙な気分になった。娘とのデートが台無しになったことに同情しているように聞こえてしまうではないか——少なからず動揺している自分に戸惑った。

「島田さん、あの、誤解のないようにしておきたいので言うんですけど、瑠璃さんと会うことをボクは隠すつもりはなかったんです。でも、瑠璃さんが黙ってたほうがいいと言うものですから——」

「どういうことかな……」

「は？」

「君は隠すつもりはなくて、娘は黙っていたほうがいいというのは——どう理解したらいいのかと思ってね」

何を絡んでいるんだ？——島田は自分にいら立ってきた。

「きっと照れくさいんじゃないでしょうか」

「照れくさい？」

それはこっちのほうだ——言いたいのをなんとか堪《こら》えた顔が不機嫌になったと思ったのか、青木は慌てて、

「あ、いや、ボクと瑠璃さんは、お互い都合がつくときに会って、ただ食事したり映

画を見たりするだけの友達といいますか……」

　と言葉を詰まらせ、まいったなという顔をしている。

　青木は今風に言えば、イケメンという部類に入る顔立ちをしている。しかも東大法学部卒のエリートで、係長の古賀の話によると自分たちの手の届かない警察上層部に親類が何人もいるという。

　ありていに言えば、文句のつけようがない青年ということになるかもしれない。恋人を作ろうと思えば、引く手あまただろう。だからこそ、瑠璃とはおよそ似つかわしくないと島田は思う。

　しかし、『友達』――そう言われれば言われたで気が楽になったような、それでいて女として魅力がないんだろうかと瑠璃が気の毒なような気もしてくる。

（年頃の娘を持つ父親ってのは、厄介《やっかい》なものだな……）

　顔には出さず、そう思っていると、

「瑠璃さん、島田さんのことが心配なんですよ」

　青木がテーブルに目を落として言った。

「沢木さんの事件、解決したはずなのに、前よりぼんやりしていることが多くなって、いつも上の空だって――」

青木は知らない。野村健一が今際の際で言ったことも、沢木が警察組織から裏切られていたのではないかという憶測も、島田は青木に言っていない。唯一、腹を割ってものが言える係長の古賀にさえ、島田は言っていないのだ。

「あの事件に、まだ何か引っかかっているものがあるんですか？」

だんまりを決め込んでいる島田に青木が訊いた。

「いや——娘から聞いていると思うが義父のことやなんか、いろいろあるもんでな……」

島田が口をつぐんでいると、

「おまちどおさまです」

店員がラーメンとチャーハンを運んできた。

島田と青木は、それを機に話をやめて黙々と食事をはじめた。

「遺体で発見された!?　ウチの杉森がですか……」

窓側の応接用ソファで島田と青木のふたりと向き合っている社長の丹沢光一《こういち》は、唖然とした顔をして言った。六十歳を少し超えたくらいだろう。やや太り気味の体型をしている。

狭い室内には事務机が四つ並んでいるが、事務所には丹沢しかいない。

「杉森次郎さんは、どんな方でした？」

島田が訊くと、突然の訃報を聞いて宙にぼんやり眼を向けていた丹沢は、はっとしたように島田に顔を向けた。

「ああ、酒が好きみたいでアルコールの匂いをいつもさせていましたけど、真面目に仕事をするやつでしたよ。人に怨《うら》みを買うような人間ではないです」

「しかし、こう言ってはなんですが、仕事柄、つい逆恨《さかうら》みを買ってしまうということもあるんじゃないですか？」

丹沢の会社は早い話が、人の嫌がる素行調査を行う興信所なのだ。

「ま、たしかにないとは言い切れませんが――」

丹沢は、まいったなという顔をしている。

「杉森さんの遺体は、赤坂のＫＳビルの屋上で発見されました。どうしてこのビルに行ったのか、心当たりはありませんか？」

「赤坂のＫＳビル？――あ、ちょっと待ってください」

丹沢は立ち上がると、近くの自分のデスクから分厚いファイルを持ってきた。

「杉森がここ最近手がけていた調査対象がたしか――ああ、あった、あった。李明姫《りめいひ》という韓国クラブのママです。その店がサランといって、その赤坂のKSビルの八階にあります」

丹沢は興奮した口調で言った。

思わぬ収穫である。杉森次郎の財布の中に「クラブ・サラン」の店長、李明佑の名刺があった。情報を得るために会っていたのだろう。

「その調査の依頼主は？」

島田がすかさず訊いた。

「秘密厳守なんですが……」

「あなたの会社の人間が遺体で発見されたんですよ」

語気を強めて言った。

「そ、そうですね。そうでした……依頼主は李明佑という、その店のママの兄です」

(!?──妹の素行調査を兄が依頼した？　妙といえば妙な話だ)

「そのファイル、見せてもらえますか？」

「あ、はあ。どうぞ──」

調査の依頼があったのは、ひと月前である。そして、その調査対象の本人と依頼主がやっている店「クラブ・サラン」が入っているビルの屋上で、杉森次郎の刺殺体が発見された。この調査がなんらかの形で関与していると考えて、まず間違いないだろう。

「調査はどこまで進んでいたんですかね？」

「聞いていません。それにあれは一週間くらい前でしたかね。途中で打ち切ってくれと言ってきたんです」

「それはまたどうして？」

「ええ。なんでも調査が遅いから他社に頼むと言い出したらしいんですよ——杉森は他に案件は抱えていませんでしたから、調査が遅くなるということはなかったはずなんですけどねえ。まあ、調査費用は日割り計算で、結構な額にはなりますからな。そういうことはよくあることなんです。で、かかった経費を請求して、それで終わりってことになったんですがねえ」

調査が打ち切られたのに、どうして杉森次郎はあのビルに行ったのだろうか？

「調査の途中経過は聞いていませんか？」

それまで調査したネタを使って、調査対象の李明姫をゆすって殺された？……考えられないことではないが、単純過ぎはしまいか？　まして杉森次郎は、仮にも元警察官だった男だ。そう簡単に女に殺されたりするだろうか？

「聞いていません。問題が起きない限り、調査がどうなっているか、途中でわたしから調査員に訊くことはありませんからね。まして打ち切りになった案件にまでは立ち入りませんよ」

「ということは、調査の途中経過は、杉森さんしか知らないということですね？」

「ええ。どこかにメモとか写真とか、そういうものがあるかもしれませんが――ちょっと待ってください」

丹沢は再び立ち上がって、杉森が使っていただろうデスクの引き出しを開けて、ごそごそと探しはじめた。

「それらしきものは何もないですねぇ……」

杉森の着衣にも手帳も写真もなかった。あるとしたら自宅だろうか？　それともそうしたものを入れてあったバッグを、刺したあと犯人が持ち去ったか……。

「杉森さんの交友関係を教えてもらえませんか？」

親しい誰かに調査した内容を教えているかもしれない。ソファに戻った丹沢に訊いた。

「交友関係ねえ……あまりしゃべらん男でしたから」

「同僚で仲が良かった人間は？」

「ごらんのとおり、ウチは社員四人しかいません。そのなかで杉森がわたしをのぞいて一番年上でしてね。あとの三人は三十代の者ばかりです。話が合わないようで、親しくしていた者はいませんな」

「では、杉森さんが一番古くから？」

「そうです。ウチで働くようになって……十二、三年になりますかねえ」

赤坂署の沼田は、杉森次郎が警察官を辞めたのは十五年前だと言っていた。この会社で働くようになるまで二、三年のブランクがある。

「こちらの会社に勤める前は、どんな会社で働いていたんですか？」

事件とはあまり関係があるとは思えない。しかし、杉森が元警察官だったということがどうにも頭から離れない。あえて知らぬふりをして訊いてみた。

「たしか……ああ、前の勤務先は食品関係の会社で倒産したと言ってましたねえ。しかしね、わたしはそれ以前は警察関係者だったんじゃないかと思っているんですよ」

やはり知らないようだ。杉森次郎は、おそらく何か問題を起こして警察を辞めたのだろう。でなければ、こんな小さな興信所に勤めるはずがないし、元警察官だったことも隠すことはない。

「ほお、どうしてそう思われるんです？」

島田はシラを切って尋ねた。

「勘ですよ、勘。いや調査の仕方がね、最初からなんていうか、こう慣れているというか、早いんですよ。元警察官だったかどうか、そういうのは調べればすぐわかりますよね？　警察は？」

たしかにすぐにわかる。ＯＢ名簿はもちろん、諭旨《ゆし》及び懲戒《ちょうかい》免職処分となって辞めた者の名簿も存在する。

「丹沢さんは違うんですか？」

違うだろうと思ったが、話のあやで言っただけだった。丹沢には警察官の独特の匂いがない。勤続年数にもよるが、ある程度長く警察官だった者は特有の匂いというか、態度や目つきがなかなか抜けないものだが、目の前の丹沢にはそれがまったく感じられないのだ。

「いやいや、わたしは小さな生保の調査部にいたんです。その生保が経営難になって大手の生保に吸収合併されることになったときに、独立したわけでして――ですから、腕のいい調査員だった杉森がいなくなるというのは痛い……」

丹沢光一は、杉森次郎が殺されたことに対する悲しみは希薄だ。単に雇う側と雇われる側というギブアンドテイクの関係だったようだ。

何か訊きたいことはあるか？――隣に座っている青木に目で言った。

ありません――青木が目で答えた。

「今日のところは、ひとまずこれで失礼します。また何か訊きたいことが出てきましたらうかがいますので、その際にはまたご協力をお願いします」

島田と青木は立ち上がって言った。

「ええ。一日も早く犯人を検挙できることを願っています」

丹沢は、もっともらしい顔をつくって頭を下げた。

「調査がらみの線が濃いですね？」

エレベーターに乗ってすぐに、青木が言った。

「ああ」

「思いの外、犯人《ホシ》を早く挙《あ》げることができるかもしれませんね」

「だといいんだがな」

「どうしますか？　調査依頼主の李明佑は、赤坂六丁目のマンションに住んでいます。当たってみますか？」

通りに出て、腕時計を見た。午後二時を回っている。

「いや、赤坂署にいったん戻ろう。着くころには本部が立ち上がっているはずだ。鑑識の報告を聞いてから動こう」

島田と青木は丸《まる》ノ内《うち》線の駅を目指した。

午後三時半、赤坂署二階の会議室に捜査本部が設置され、捜査会議が開かれた。

捜査本部長は蔵元《くらもと》署長が就いたが、実際に指揮を執《と》るのは瀬川《せがわ》刑事課長だ。ふたりとも島田のよく知っている人物である。

招集された捜査員は、全部で十五人。その中に初動捜査に当たった沼田と横山の姿を認めた島田は訝しく思った。

現場に急行する機捜の捜査員は被疑者が確保されず、事件が長期化する場合は所轄の刑事課や本庁の捜査一課に引き継ぎをして、再び警らに戻るものなのだ。元同期の警察官だった杉森次郎が刺殺されたことで、捜査に加わらせてほしいと願い出たのだろうか。

「では、捜査会議をはじめる――」

瀬川課長は、現場にいち早く臨場した機捜の沼田に発見されたときの様子を報告するよう求めた。

最前列にいる沼田は立ち上がり、現場の状況と杉森次郎の年齢、職業、住所、そし

て財布に「クラブ・サラン」の店長、李明佑の名刺が一枚あったことなどを無駄なく簡略に報告し終えると、

「――なお杉森次郎は妻、淑子《よしこ》との間に子供はなく二人暮らしでしたが、三年前から妻の淑子が心臓病を患《わずら》い、中野中央病院に入院中。ですからここ数日間の杉森次郎の行動は詳しく知らないとのことでした。以上です」

と言い、以前は自分と同期の警察官だったということは言わずに締めくくった。

瀬川課長は咳《せき》払いしてから、

「では、次に鑑識からの報告――」

と言った。

隣にいる中村《なかむら》鑑識課長が所見を読み上げた。

「司法解剖の結果、被害者の死亡推定時刻は、昨夜の午前一時から三時までの間。体内から多量のアルコールが検出された。死因は心臓を刺されたことによる出血多量で、凶器となったナイフは果物などを切るペティナイフ。このナイフには指紋が付着していた。その指紋と遺留品のクラブ・サランの店長の李明佑の名刺に付着していたふたつの指紋のうちのひとつが一致した。ひとつは被害者のもの。よって、ナイフに付着していた指紋と一致した名刺の指紋は犯人のものである可能性が極めて高いと考

えられ、外国人登録制度にあった李明佑の指紋と照合したところ、一致した。この男だ――」

凶器となったペティナイフの次にプロジェクターに李明佑の顔写真が映されると、会議室がざわめいた。もはや、犯人は李明佑だと決まったようなものだ。

「島田さんッ」

青木が隣の席にいる島田に興奮を抑えた小声で言った。

「うむ……」

島田は前を向いたまま、それだけ言った。最後まで聞け、と態度で言ったのだ。

「この李明佑は五年前に傷害事件を起こし、実刑四年を食らっている前科がある。また、李明佑の足の大きさは二十八センチとかなり大きく、現場にも同じ大きさの足跡が複数あった。以上だ」

「えー、次に本庁から島田、青木両警部補が出向いてくれている。ふたりはすでに被害者の勤め先である丹沢総合調査会社に行き、社長から聞き込みを行ってくれている。では、報告を――」

と瀬川課長が最前列に座っている島田と青木を見た。

「頼む――」

青木に小声で言った。こうした場での経験を積んでもらおうという意味もあったが、最前列にいる沼田の反応を観察したかったのだ。

「では、報告します――」

手帳を見ながら青木が、丹沢光一から得た情報の報告をはじめた。

杉森次郎が最近調査していたのが、殺害現場となったビルに入っている「クラブ・サラン」のママで李明姫の素行調査だったこと。

その調査を依頼したのが李明姫の兄の李明佑だったが、一週間ほど前に調査の途中で打ち切りを通告してきたこと――会議室はさらにざわめき、捜査員たちのメモを取るスピードが速くなってゆくのがわかった。

島田はそれとなく沼田を観察していたが、沼田はペンを走らせるでもなく腕を組んで目を閉じ、何かをじっと考えているふうだった。

「ご苦労さん。今の話からして犯行は被害者の杉森が行っていたという、その李明姫の素行調査がなんらかの形で関与していると見るべきだろう。沼田と横山、李明佑を重要参考人として引っ張ってきてくれ。あとの捜査員は現場周辺の聞き込みと犯行を見たものがいないか目撃者探しに全力を挙げてくれ」

三々五々、捜査員たちが会議室から出ていく。

島田と青木も席を立つと、

「島さん、それから青木くんだったね。おかげで今回の事件《ヤマ》は早く片付きそうだ」

と瀬川課長が近寄ってきて声をかけた。

瀬川課長とは、これまで何度も合同捜査で顔を合わせている。たしか、島田よりひとつふたつ年下のはずだ。

「だといいんだが――ところで、機捜の沼田って、どんな人間だい？」

「ああ。ウチでも三本の指に入る優秀な刑事ですよ。どことなく、島さんに似ている」

「わたしに似てる？」

「滅多に感情を表に出さず、何を考えているのかわからないところなんかが――あ、いや、これは失礼」

瀬川課長は親愛を込めて言ったつもりなのだろう、いたずらっ子のような表情を浮かべている。

「被害者の杉森次郎と同期だと言っていた。親しかったのかな？」

「親しかったかどうかまでは聞いていませんが、杉森次郎とは池袋署でいっしょだったと言ってました。だからでしょう、捜査陣に加えてくれと申し出てきたんでそうしたんです」

　そこへ署長の蔵元が近づいてきた。

「島田、しばらくだな」

「ごぶさたしていました」

　軽く頭を下げた。

「課長、ちょっと島田を借りるよ？」

　有無を言わせぬ物言いだった。

「あ、いや、しかし――」

　瀬川課長は戸惑いを見せた。今は捜査の真っ最中なのである。

「今日は日曜日だ。現場周辺は閑古鳥《かんこどり》が鳴いている。聞き込みはウチの署員で充分だろ」

　蔵元署長は瀬川課長を睨《にら》みつけて言った。

「はあ……」

「じゃ、島田、署長室までいっしょに来てくれ」

　蔵元署長は島田の返答を待つことなく、部屋を出ていった。

「青木くん、悪いが、ここで待機しててくれ」

島田は蔵元署長の後を追うようにして、部屋を出ていった。

署長室は二階の奥まった場所にあった。赤坂署は以前は赤坂御所に面した青山通《あおやま》り
にあったのだが、老朽化のために新庁舎が建設されるまで環状三号線の通りの乃木坂《のぎざか》
方面に仮庁舎を移転している。

「移ってから、初めてだろ?」

「ええ――」

署長室は日当たりのいい部屋で、窓を背にした署長のデスクは必要以上に大きく、
豪勢なものだった。

壁には額に入った表彰状や感謝状がいくつも飾られ、その下のアンティーク調の家
具の上にはトロフィーや盾《たて》がこれ見よがしに所狭しと置かれている。

「まあ、座れ――」

蔵元は中央の高級そうな黒革の応接ソファにゆったりと座って言った。

島田は軽く一礼し、ソファに腰を下ろした。思った以上にふかふかだった。床に敷
かれている絨毯《じゅうたん》の毛足も長く、靴が見えなくなるほど沈む。

ほどなくしてノックの音がし、「失礼します」という声がしてドアが開き、顔立ち

の美しい若い婦警が緊張した面持ちでお茶を運んできた。

「君、それ運んだら、わたしがいいと言うまで、誰もここに通さないでくれ」

俗物。尊大《そんだい》。不遜《ふそん》——蔵元署長を見ていると、勝手に脳裏にそんな言葉が浮かぶ。

「はい。承知いたしました」

若い婦警は、お茶を差し出しながらそう言い、深々と一礼して部屋を出ていった。

「野村健一の一件、聞いたよ。おまえさんはたいした男だ。二十五年もの間、たったひとりで追いつづけていたとは驚いたよ」

婦警が部屋から出るのを待って蔵元が言った。

蔵元は警視庁四課出身で、沢木の二期先輩にあたる。昔のマル暴に多い、大きながたいに髪の毛を短く刈っている。

「で、野村が沢木を殺したと自白したというのは本当なのか？」

蔵元はお茶をひと口啜ってから訊いてきた。

（やはりな……）

島田は腹の中で、ほくそ笑んだ。古賀に教えたことが伝わったのだ。

「それで、わたしに捜査協力するよう、古賀に要請したんですか？」

初動捜査の段階で、所轄署が警視庁捜査一課の捜査員に協力を要請するのは、よほど残虐性の強い凶悪な犯罪が発生したときか、長期化している事件に関連性がありそうな事件が起きたときだ。

今回のような一見しただけでは、他殺とも自殺ともつかないケースで要請されるのは稀《まれ》といっていい。

「で、どうなんだい？」

島田の問いに、蔵元は肯定も否定もしなかった。つまり、「そうだ」ということだ。ひと月前に車に撥《は》ねられて死んだ野村健一は、表向きは保険金詐取《さしゅ》及び殺人容疑で被疑者死亡のまま書類送検されて片がついている。

野村は、リストラにあったサラリーマンの鈴木久《すずきひさし》に掛けてあった三千万円の死亡保険を詐取しようとして、ホームレスで末期癌だった木田譲《きだゆずる》に身代わりになって自殺をするように強要したのである。

だが、野村健一という名前の犯人を追い詰めたのが島田となれば、二十五年前の沢木殺害事件の捜査に関わった者であるなら、無関心ではいられない。まして、かつて同僚だった者ならば尚更《なおさら》だ。

「ええ。死ぬ間際、野村健一は、はっきり言いました。沢木を殺したのは自分だと――」

蔵元は一瞬、目を見開くと、すぐに平静を保とうとお茶を啜《すす》った。

「そうか。やはりやつだったか……しかし、残念だったな。死なせてしまったのは」

不慮の事故とはいえ、そうした気持ちが島田の中にもないではない。

だが――。

「わたしはそうは思っていません。今になって野村健一が沢木殺しの真犯人だったことがわかったところで、とっくに時効になっている事件ですから」

「だったら、どうしておまえさんは、たったひとりで野村健一を追いつづけていたんだ？」

蔵元署長は右の眉を曲げて、訝しそうな顔をつくって訊いた。

「知りたかったからです。沢木がなぜ殺されなければならなかったのか、その本当の理由を――」

「本当の理由も何も――あれはそもそも新宿区富久町《とみひさ》の商店街で豆腐店を営んでいた飯田一雄《いいだかずお》殺害事件が発端だ。犯人はあのあたり一帯を地上げしていた暴力団・樫田《かしだ》組の中堅幹部の野村健一だった。現場から逃げていく野村を見たという目撃者を探し出してきたのは、島田、おまえさんだったろ」

「ええ。ところが、目撃者がホームレスで信憑性がない上に、物証もないということから捜査本部は野村逮捕には踏み切らず、あなたがた本庁の捜査四課が捜査を引き続き行った。蔵元さん、あなたもその捜査員のひとりだった」

飯田一雄殺害事件発生当初は、本庁捜査四課が仕切る新宿署と捜査一課の特別合同捜査だったが、野村健一の送検を見送ることが決定した時点で捜査本部は解散。目撃者を探しだした島田は、そのとき捜査からはずされたのだ。

「そうだ。野村はヤクザ者だ。別件で引っ張って吐かせるつもりだった」

「しかし、それから一ヵ月後、沢木は野村に殺されてしまった。一ヵ月ですよ。どうして一ヵ月も野村を放っといたんです？」

島田は努《つと》めて冷静に、しかし詰め寄るように言った。

「野村健一は警戒心が強くて、頭のいいやつでな。なかなか尻尾を摑《つか》むことができなかったのさ」

蔵元は、責められていると思ったのだろう、うんざりだという顔をしている。

「いや、違う」

島田はきっぱり言った。

「違う？　何が違うんだ？」

蔵元の目つきが攻撃的になった。

島田は、ふっと体の力を抜くようにして、ソファの背もたれにもたれかかった。取調べで犯人を追い詰めるときと同じ間合いだ。押しては引き、引いては押す。そして、最後の最後に決定打を打ち込む。

「沢木は言っていました。飯田一雄殺害事件――あの地上げ絡みの殺しには、もっと深い闇が広がっていると。ゼネコンの東都《とうと》建設と樫田組を傘下に収めている銀龍会《ぎんりゅうかい》が手を組んでいる。そして、そのふたつの組織の仲を取り持ったのが、建設族の大物議員なんだと」

「ああ、だから二課も密かに動いていた。そんなことはわたしも知っていたさ」

それがどうした？――蔵元は、勝ち誇った顔になった。

ここからが勝負だ――島田は、ぐっと体を前のめりにさせて言った。

「だから、あなたがた四課は野村に取引きを持ちかけることにした。東都建設と銀龍会が手を結んでいる証拠を摑めば、おまえを逃がしてやると――」

蔵元は、くわっと目を見開くと、

「馬鹿なことを言うな。警察がそんなことをするはずがないだろッ」

と声を荒らげた。

が、島田は冷静につづけた。

「ええ。わたしも信じられませんでしたよ。しかも、そんな取引きを持ちかけたのが沢木だと知ったときはね」

「!?――野村がそんなことを言ったというのか?……」

蔵元は驚いている。これが演技だとしたら、プロの役者も顔負けだ。

「死んでいくやつが嘘は言わんでしょ。しかし、驚くのはまだ早いですよ」

「まだ……何かあるのか?」

蔵元は驚きを通り越して、怯《おび》えの色を滲《にじ》ませている。

今や、島田に署長室に来てくれといったときの不遜な態度はすっかり消えていた。

「野村は取引きに応じて、東都建設と銀龍会のトップが会談している写真とその会話を録音することに成功してそれを沢木に渡したんです。ところが、それが組長にバレてしまい、取り返してこい。さもなければ、命はないと言われたそうです」

蔵元は呆気にとられた顔をしている。

「――それを取り返すために沢木を殺した……?」

自問自答するように蔵元はつぶやいた。

「そうです。ところが――沢木の部屋には、すでにその証拠の品が無くなっていたんです」

「無くなっていた？」

蔵元は意味がわからないというように、ポカンとした顔をしている――演技か？

いや、やはりどう見てもそうは思えない。

「盗まれていたんですよ。沢木の知らぬ間に……」

「知らぬ間に？　誰に？――まさか……」

蔵元は察したようだった。しかし、島田はあえて口にした。

野村健一から証拠品を手に入れた沢木は、直属の上司である捜査本部長の四課の田《た》中《なか》課長に報告した。

報告を受けた田中課長以下捜査本部の中枢部は色めき立ったと同時に、困惑もしたに違いない。東都建設と銀龍会トップの会話の中に、建設族の大物政治家の名前や彼らとの密接な関係ぶりが出てきたからだ。

捜査本部の中枢部にいた人間は、このまま自分たちだけで捜査をつづけていいものかどうか、警察上層部に判断を仰いだ。その結果、捜査方針が百八十度変わってしまった。高度な政治判断が下ったからだ。

「――しかし、それが沢木に伝わることはなかった。なぜなら、警察組織はそれぞれの部下の性格や思考を知り尽くしているからです。沢木にそれを伝えたら、あいつはどうするか？　いっしょに釜の飯を食った先輩のあなたならわかるでしょう？」

蔵元の額に小さな汗がいくつも浮かびはじめていた。

「沢木は——あいつは、ひと一倍正義感の強いやつだった。もし、おまえさんの話が本当だとしたら、沢木はすべてを明らかにしようとするだろうな……」

「ええ。だから沢木には伝えなかったんです。しかし、そのままではまずい。そう判断した上層部は、証拠を無くせばいいと考えた」

ううむ……蔵元は、くぐもった唸《うな》り声をあげると、

「つまり——島田、おまえは、警察内部の人間、しかも沢木の身近にいた者が沢木の部屋からその証拠を盗み出したと言いたいのか？」

と苦しげな顔をして言った。

島田が古賀に、野村が沢木を殺した真犯人だと自白したことを伝えたのは、四課の沢木のかつての同僚たちに聞こえるように噂《うわさ》を広めてもらうためだった。

そうすれば、彼らは必ず島田に接触してくる。島田はそのひとりひとりに直接会い、野村が死に際に言ったことと自分の推理を話す。その反応で、沢木の部屋に入り、野村から受け取った証拠品を盗み出した者かどうかを見極めることができるのではないか？——島田は、そう考えたのである。蔵元はその網にかかった一匹目の魚と

いうことになる。

「そうです」

島田は蔵元の目を見据えて言った。

「しかし――しかしだ。それは、あくまでおまえさんの憶測に過ぎんだろ。それにだ。その証拠品とやらは、無くなっていたのではなくて、沢木がすでに捜査本部に渡していた可能性だってあるんじゃないか」

蔵元は無理に笑みを作ろうとしたが、それが却《かえ》って引きつった顔を作り、焦りの色を露出させた。

島田は蔵元の身につけている制服の金色に輝いている肩章を睨みつけ、

「沢木が証拠品を捜査本部に渡していたら、あなたが知らないはずはないんじゃないですか？　それに、わたしがこんな危険な発言を警視正のあなたに憶測で言うと思いますか？」

止《とど》めの一撃を加えた。もちろん、はったりである。

「そ、それじゃ、証拠があるとでも言うのかッ……」

想定していたとおりの言葉を、蔵元は握った拳《こぶし》を小さく震わせて吐いた。

ここで弱みを見せてはならない。

島田は不敵な笑みを浮かべ、

「少なくとも蔵元さん、あなたじゃない。だから、お話ししたんです」

と穏やかな口調で言うと、

「あ、当たり前だッ！」

蔵元は怒りのあまり、顔色を変えていきり立った。

（この人じゃないことは、これではっきりした。こんなに感情をあらわにする人間に、極秘事項を命じるはずがない。だが、これでいい。この署長の蔵元は、二十五年前のあのときの捜査員仲間に、今のやりとりをすぐに伝えるだろう……）

野村健一の別件逮捕に向けて動いていたあのときの四課の人間は、沢木を含めて全部で七人である。沢木の部屋に行き、野村から手にした証拠品を盗み出すよう指示したのは四課の田中課長に違いないが、自ら出向いたという可能性は極めて低い。万が一、そうだったとしても田中課長は、もう何年も前に死亡しているから確かめようがない。

これで田中課長に次いで、蔵元署長は線上から消えた。残るは——あと二年で退官を迎える新宿署署長の外山正弘《とやままさひろ》警視正。すでに退官し、警察学校の教官となっている大場良一《おおばりょういち》。まだ五十二歳の原宿《はらじゅく》署副署長の中島典宏《なかじまのりひろ》警視。五十歳でノンキャリアにしては異例の出世といえる本庁組織対策第四課管理官の岩波隆俊《いわなみたかとし》――この四人の中にいることに賭けるしかない。

「捜査に戻ります。それではわたしはこれで――」

立ち上がり、一礼してドアに向かおうとすると、

「島田、教えろ。おまえ知っているんだろ？　そいつが誰なのか？」

振り返って蔵元の顔を見た。とてもかつて暴力団幹部でさえ怖気《おじけ》づいた四課の刑事とは思えない、すがりつくような目をしている。

島田は言った。

「蔵元さん、あなたならどうしました？」

「どうした、とは？」

「命令を受けたら、沢木の部屋から証拠品を盗みましたか？　それとも、命令に背《そむ》いたかと訊いています」

「それは――」

蔵元署長の顔は苦渋の色を滲ませて、言葉を詰まらせた。

そして長い沈黙のあと、はっと閃《ひらめ》いたように、

「そういうおまえは、どうなんだ？」

と強気な口調で訊き返してきた。

「わたしにそんな命令は下りませんよ」

島田は、即座にきっぱりと答えた。

何を言っているんだ？——蔵元はポカンとした顔で島田を見ている。

「さっきも言ったはずです。警察組織は、部下それぞれの性格や思考を知り尽くしているからです。そもそも野村との取引きも、わたしには命令しない。なぜなら、わたしは迷うからです。迷う人間に決断は下せない。やったとしても必ず、失敗する。しかし、沢木は——あいつは、決断を下してしまった……」

沢木は警察組織というものに全幅の信頼を寄せ、その一員であることに強い誇りを持っていたやつだった。

野村健一と取引きするよう命令されたとき、沢木も思い悩んだはずだ。正義感がひと一倍強かった沢木にとって、殺人犯と取引きするなど矛盾《むじゅん》以外の何物でもないからだ。

だが、警察官にとって上からの命令は絶対だ。沢木は従わざるを得なかった。そして、一方でこうも思ったはずだ。

その命令を成し遂げて、必ずや野村健一を自分の手で逮捕すると——しかし、沢木はそうする前に警察組織に裏切られた。

それに気づいたとき、沢木はどれほど後悔しただろう。どんなに激しい虚しさと怒りに襲われたことだろう……。

「結局、沢木は――あいつは、警察に殺されたも同然だッ……」

島田がそう吐き捨てるように言うと、

「島田、おまえ、今なんて言った⁉」

蔵元はソファから立ち上がって島田に近づき、

「おまえは親友だった沢木を――殉職したあいつを愚弄《ぐろう》する気かッ！」

と胸ぐらを掴み上げて凄んだ。

しかし、島田はされるまま蔵元の目を見つめて、

「あなたは、わたしの問いにまだ答えていない」

と突き放すように冷静に言った。

「なにぃ？」

蔵元は目を剝《む》いた。

島田は、なおも平静を保って、

「もう一度訊きます。あなたは命令を受けたら、それに従って沢木の部屋から証拠品

を盗みましたか？　それとも命令に背きましたか？　どうなんです!?」

と問い詰めた。

睨み合いがつづいた――が、蔵元は、ふっと視線を逸らして島田から手を放し、

「くだらん。仮定の話にまともに答えることなど、くだらんことだ……」

と力なく言った。

島田は思った。

(この男ならやっただろう。迷うことなく――そして、その同僚の死を知れば、後悔もするだろう。だが、一時だ。こういう男は、一時は後悔するが、あれは止むを得なかったことだったのだと、自分を納得させることができるのだ……)

島田は乱れた背広を直すと、無言のままドアに向かった。

「どうするつもりだ……」

ドアノブに手をかけると、背中に蔵元の怨みのこもった声が飛んできた。

「沢木の部屋から証拠品を盗んだのはおまえだろうと、そいつに迫ったところで何になるというんだ？　認めやしないぞ。いや、認めたところで何の罪にも問われない。そんなことをしていったい何になる？」

そのとおりだ。まして、島田は何も証拠など握っていない。たとえその人間を特定

できたとしても、今のままでは認めさせせることさえできないだろう。

「――――」

島田は蔵元に言葉を返すことなく、部屋をあとにした。

蔵元に屈服したからではない。しょせん、分からぬ相手を言葉で分からせることなどできないのだ。分からせるには、真実を知りたいのだと、たとえどんなに低い声であろうとつぶやきつづけ、地道に行動する以外に手はないのだ。

署長の蔵元とのやりとりを思い返しながら、島田は改めて思う。

組織の中には倫理や道理は存在しない。そこでの人と人との関係は利害と立場、保身と懐柔《かいじゅう》、打算とエゴが渦巻いている。しかし、だからこそどこかにきっとある正義と真実を見つけ出さなければならないのだ、と――。

署長室から捜査本部がある会議室までは、一本の廊下でつながっている。島田は捜査本部までの距離がやけに遠く感じられた。

沼田と横山のふたりが、李明佑を赤坂署に連れてきたのは、夜の九時を過ぎたころだった。

三十二歳の李明佑は身長百八十センチを超える長身で痩せており、髪の毛は直毛で、整ってはいるが骨ばった顔に韓国人特有の細く吊りあがった目をしている。

聞き込みの成果もなく赤坂署に戻ってきていた島田と青木は、取調べの様子を隣の部屋でマジックミラー越しに見ていた。

「このペティナイフに見覚えはあるか？」

李明佑とデスク越しに対峙《たいじ》して座っている横山が、ビニール袋に入っている凶器となった血のついたナイフを掲げて言った。

少し離れたところにいる沼田は、じっと無言で李明佑を見詰めている。

「ああ、ウチの店にあったのと同じもンだ」

李明佑は首を横にして横山を眺め、「それがどうかしたのか」と言いたげにふてぶてしい態度で答えた。

日本人となんら変わらない日本語を使っているところを見ると、韓国名を名乗っているが、在日韓国人のようだ。

「そりゃそうだろうな。このナイフにはおまえの指紋が、しっかりついているんだからな」

横山が言うと、

「盗まれたんだよ」

李明佑は、面倒くさそうに言った。

「ほお、誰に？」

「そんなこたぁ、知らねえよ」

横山はパイプ椅子から腰を上げ、デスクの両端に手をついて、顔を近づけた。

「おまえなあ、どうせつくならもっとうまい嘘をついたらどうなんだ？」

「嘘じゃねえ。一週間くらい前になくなってたんだよッ！」

李明佑は、横山を挑発するように鼻と鼻がつくくらいに顔を近づけて吐き捨てるように言った。

「じゃあ、これはどう説明するんだ？」

横山はビニール袋に入った李明佑の名刺を掲げて、

「これはおまえの名刺だな？　これにもおまえの指紋がついているんだよ。これが殺された杉森次郎さんの財布の中にあったんだ。どういうことか説明しろッ」

といきり立って訊いた。

「刑事さん、あンた馬鹿じゃねえか？　おれが杉森に渡した名刺なんだ。おれの指紋がついていてもなんにもおかしかねえだろうがよッ」

「ああ、おまえ、妹の素行調査を杉森さんに頼んでいたそうだな。なんでそんなことする必要があったんだ？」

「そんなことどうだっていいだろ」

李明佑は両足を広げて、そっぽを向いた。

「おまえには黙秘権があるからな。言いたくないことは答えなくて結構だ。しかし、おまえの立場は、どんどんまずくなっていくぞ。そのうえでもうひとつ訊く。おまえ、昨日というか今日の夜、一時から三時までの間、どこで何をしていた？」

「寝てたよ」

李明佑は、うんざりした顔で言った。

「嘘をいうんじゃない！」

「嘘じゃねえよ。昨日、店は、客が少なくて十二時前に閉めたんだ。おれは、一時前にはマンションに帰ってた！」

「ほお、それを証明できる人間は？」

「ひとりで寝てたんだ。どう証明しろっていうんだよ」

李明佑は、小馬鹿にしたように鼻で笑っている。刑務所に入ったことがあるだけに、腹が据わっている。

「おまえなあ！」

横山が李明佑の胸ぐらに手をやり、締め上げんばかりに声を荒らげようとすると、

「横山――」

と、それまで黙っていた沼田が声を出した。

そして、パイプ椅子から立ち上がって李明佑のそばに行き、

「いいか？　一回しか訊かねえぞ。おまえは杉森次郎を殺《や》ったのか、それとも殺ってないのか、どっちだ？」

と凄むでもなく、ごく普通に訊いた。が、その目は冷徹だ。

李明佑は、急に態度を改めた。沼田の刺すような視線にごまかしは利かないと思ったのだろう。

「殺ってねえよ。おれは、本当に殺してなんかいねえ――」

「そうか――だがな、状況証拠が揃《そろ》いすぎてるんだ。しばらく入っててもらうぞ」

沼田は横山に「連れて行け」とあごで言った。

「ちょ、ちょっと待ってくれよ。おい……」

李明佑はうろたえ出した。

「檻の中から出たいと思ったら、訊いたことにちゃんと答えることだな」

沼田が言うと、横山は李明佑の腕に手をかけて立たせ、引っ張るように取調室から

連れ出していった。

「やってねえ！　おれは、あいつなんか殺ってねえよぉ！」

廊下から李明佑の叫び声が響いた。

「島田さん、沼田さんは李明佑をどう見てるんですかね？」

隣の部屋で、マジックミラー越しに一部始終を見聞きしていた青木が言った。

「半々てとこじゃないのかな」

「あれだけ状況証拠があるのにですか？」

「凶器のナイフに指紋がついていたからといって、絶対にそいつが犯人とは限らんよ」

沢木を殺害したとして自首してきた木田譲がそうだった。沢木の胸に刺さっていたナイフには木田譲の指紋がしっかり付着していたが、実際は野村健一が手下の木田譲の指紋がついているナイフで殺ったのだ。

「ということは、誰かが李明佑に容疑をかけるために殺した可能性もあると？」

「…………」

正直なところ、島田にも沼田の考えていることが読めなかった。

その沼田は取調室の小さな窓から切り取られた闇を凝視している。

（沼田には、今何が見えているんだ……）

　島田は沼田のぼんやりとした横顔を見つめていた。


　李明姫は赤坂八丁目の赤坂小学校の裏手にある瀟洒《しょうしゃ》なマンションの最上階である六階の角部屋に住んでいた。経営する「クラブ・サラン」のある、屋上が事件現場となったビルから歩いて二十分ほどの距離である。

　島田と青木が、李明姫の部屋を訪ねたのは夜の十時半を過ぎていた。昼間と夕方に訪ねてみたのだが、出かけていたらしく留守だったのである。

「兄さんが重要参考人!?」

　ふたりの前に紅茶を差し出した李明姫は、切れ長の美しい目を見開いて言った。外出先から戻って間もないのだろう、化粧もしており、小顔にすっと通った鼻筋、形のいい薄い唇、スレンダーながら胸や腰はふっくらとしていて、女優顔負けの美しさとプロポーションである。

「ええ。今朝十時ごろ、杉森次郎という男が、あなたの店があるビルの屋上で死んでいるのが発見されましてね。胸にナイフが刺さっていた、そのナイフにあなたのお兄さんの指紋がついていたんです」

島田が言うと、

「杉森次郎……」

李明姫は顔色を青白くさせて言った。

「ご存じなんですか？」

青木が畳みかけるように訊いた。

「ええ。一度だけ訪ねてきたことがありました」

「ここにですか？」

「はい……」

「いつですか？」

島田が訊いた。

「一週間くらい前です」

素行調査をしている調査員が、調査対象本人のもとを直接訪ねるというのはどういうことだろう？

「どんな用件だったんですか？」

「それはちょっと……」

李明姫は言葉を濁したまま語ってくれようとはしなかった。

「殺された杉森次郎があなたのお兄さんに、あなたの素行調査を依頼されていたことはもう調べがついています。しかし、わたしたちがわからないのは、同じ店で店長として働いている実の兄の明佑さんが、どうして妹のあなたの素行調査を、しかも、わざわざ興信所のような高くつくところに依頼していたのかという点です。あなたには、よほど人に知られたくない秘密があって、実の兄にもひた隠しにしなければならないということですか？」

島田の問いに李明姫は、

「刑事さん、兄はその人を、杉森次郎という人を殺したと認めているんですか？」

と逆に尋ねた。その返答次第では話してもいい、そんな表情がにじみ出ている。

「否認しています。犯行時刻には部屋で寝ていたとも言っていますが、それではアリバイは成立しません。このままでは容疑者として逮捕されることになるでしょう。ですから、知っていることをすべて話してください」

島田がそう促すと、李明姫はしばらくの間どうしようか困り果てた顔をして、

「兄は、あたしに他に男の人がいるんじゃないかと疑っていたんです」

と言って目を伏せた。

「他に？」

青木が眉を寄せて訊いた。

「ええ。パトロン以外に好きな男ができたんじゃないかって……たぶん、兄はその人に調べるように言われたんだと思います」

「それで杉森次郎は、あなたに好きな男がいるということを掴んだんですか？」

島田が訊くと、李明姫は、こっくりと頷いて、

「それで、杉森さんはあたしに忠告しにきてくれたんです」

と言った。

「忠告？　どういうことですか？」

「その人と手を切らないと、その人は、あなたのお兄さんに殺されるかもしれない……それくらいわかるでしょって――あたしのパトロンは村井《むらい》組という暴力団の組長なんです。兄は村井組に出入りしていますから……」

「つまり、杉森次郎に脅されたということですか？」

勢い込んで青木が訊いた。

が、李明姫は首を横に振り、

「その逆です。あたしに、その人のことを本当に愛しているなら、村井や兄にバレてしまう前に逃げろと言いにきたんです。あまり時間がないって――」

と言った。

「どうして杉森次郎は、あなたにそんなことを？　以前から親しかったわけではないですよね？」

「ええ。あたしにもよくわからないんです。どうしてそんな心配してくれるのか」

村井や兄の李明佑にバレてしまうまでに、あまり時間がないというのはわかる。調査に時間がかかり過ぎると怒った李明佑は、他の調査会社に頼むと言ったからだ。

しかし、どうして杉森次郎は、そこまで李明姫を助けたいと思ったのだろう？　李明姫を助けるために兄の李明佑に殺されたということなのだろうか？

いや、そうではないだろう。何かあるはずだ。この事件には、自分たちの知らないことがもっとあるのだ。

「本当なんですかね、彼女の話」

李明姫のマンションを出ると、青木が訊いてきた。

「彼女が嘘をついてると言うのか？」

島田が言うと、

「ええ。杉森次郎は彼女に好きな男がいることを摑んだ。そしてそれをネタに彼女をゆすって金を要求した。困った彼女は、兄の李明佑に頼んで殺させた――そう考えれば、すべて辻褄《つじつま》が合いませんか？」

と青木が言った。

「ああ、辻褄は合う。合いすぎるほど合う。しかし、わたしにはあの李明姫が嘘をついているようにも思えないんだ」

島田がそう言って腕時計を見ると、十一時を回っていた。

「青木くん、電車はまだあるのかい？」

「はい。島田さんは？」

「うん。ちょっと寄りたいところがある。ここで別れよう」

「わかりました。では、お疲れさまでした」

青木と別れた島田は、人通りのなくなった夜の道を歩いて事件現場となったビルに向かった。

二十分ほど歩いてビルに着くと、エレベーターに乗って最上階の八階で降り、現場となった屋上に出た。

ビルの入口にも屋上にもすでに規制線はないが、月明かりで死体位置マークが残されているのが見える。

島田は、そのそばに立ち、日曜日の夜の赤坂の風景を見渡してみた。

と、向かいのビルの非常階段から黒い男の影が下りてくるのが見えた。島田は目を凝《こ》らして見たが、ちょうどビルの高さほどある木に遮《さえぎ》られて、顔ははっきりとは見えない。

しかし、背格好にはたしかに見覚えがあった。

(間違いない。彼だ。しかし、どうして向かいのビルに……)

島田はビルを出て、足早に去ってゆく男のうしろ姿を屋上から見送りながら、今見えている風景の中に、昼間にはあり、今は無くなっている何かがあった気がしてならなかった。

(思い出せ。思い出すんだ。きっと、彼もそれに気づいてこんな時間にやってきたはずなのだ……)

島田は目をつぶり、昼間ここから見えた風景の細部までを懸命に思い出そうと努めた。

二日後の午後八時過ぎ、島田は赤坂の一ツ木《ひとつぎ》通りにある北海道料理を専門に出す居酒屋の個室で、沼田とふたりきりで向き合っていた。

テーブルにはビールと七二〇ミリリットル入りの焼酎《しょうちゅう》のボトル、お湯が入っているポットと刺身の盛り合わせが載っている。

「それで、わたしに話というのは？」

沼田がビールをひと口飲んで言った。

「うん。一昨日《おととい》の零時近く、現場の向かいのビルの非常階段から、あんたが下りてくるのを見たように思ったんだが、わたしの見間違いだったかな――」

島田は空けたコップにビールを手酌しながら訊いた。

「いえ、それは多分わたしでしょう。たしかに一昨日の深夜、向かいのビルに行きました。犯行のあった時間と同じころ、あのビルの屋上から、どんな景色が見えるのかと思ったんです。そうしたら向かいのビルの屋上に誰かがいたように思ったものですから」

やはりあの夜、見たのは沼田だったのだ。

「で、誰かいたのかい？」

「いえ。わたしの思い違いでした」

嘘だ。沼田は、ある目的を持って現場の向かいのビルに行ったのだ。島田は、沼田の目的がなんだったのか推測できているが、確たる証拠は摑んでいない。

「ところで、李明佑をどう見てるんだ？」

瀬川課長の判断で李明佑は逮捕され、赤坂署に勾留《こうりゅう》されている。しかし、所轄での勾留時間は四十八時間である。明日の朝までに勾留を延ばす手続きを取るか、そのまま地裁に送るかの判断を迫られている。

「グレーです」

沼田が言った。

「あんたはずいぶん冷静なんだな。わたしも同期の人間を殺されている。そのときは、とてもまともではいられなかった。もっとも二十五年も前の話で、わたしも若かったが——」

「沢木警部補のことは、課長から聞いています」

「そうか——あいつとは同期の中で、一番気の合う間柄だった。あんたと杉森次郎のようなね」

島田は沼田の変化を探った。しかし、沼田の表情にこれといった変化は見られなかった。

「それもずいぶん昔の話ですよ。あいつがサツカンを辞めてからは——」

沼田が言うのを止めると、

「付き合いがなくなった、か？」

と島田が引き取り、つづけて言った。

「しかし、あれは止むを得ないことだったんじゃないのか？　悪いとは思ったが、調べさせてもらった」

「いえ――」

十五年前、沼田と杉森次郎は池袋署の捜査一課で刑事をしていた。

あるとき、ふたりは池袋西口の繁華街ロマンス通りで、傷害事件を起こして逃亡していた十八歳の少年の居所を摑み、逮捕に向かった。

が、いざ逮捕しようとして手錠に手をかけた隙《すき》を突いて少年は逃げ、ふたりは後を追った。そして沼田がタックルをして少年を取り押さえたのだが、少年は隠し持っていたナイフで沼田の太ももを刺した。

それを見た杉森次郎は慌てふためき、予告も威嚇《いかく》射撃もなしに背後から発砲。その弾丸が少年の胸を貫通し、死亡させてしまったのである。

警察には「警察官等けん銃使用及び取扱い規範」というものがある。拳銃を撃つ際は、まず相手に予告もしくは威嚇射撃しなければならないという規定になっている。

「あのとき、あたりに他に人はいませんでした。わたしと杉森が口裏を合わせ、正当防衛を主張することもできなくはなかった。しかし、少年の葬式に列席したあとで報告書を求められたわたしは、そんなことはできず、起きた事実を記載したんです」

沼田は淡々とした口調で語った。

「それが問題となって、杉森は諭旨免職処分となった――」

「ええ。しかし、杉森は、きっぱり言ってくれました。おまえがやったことは正しいと。ですが、それきりあいつとは連絡が取れなくなってしまった。しばらくして、杉森が結婚したと聞きました。あいつと取り合った池袋署の交通安全課にいた女性です。彼女もサツカンを辞めました。ふたりともわたしを心の中では憎んでいたんでしょう」

それから十五年――杉森次郎は死に、彼と結婚した淑子という女性は今、心臓病を患って入院している。

（なんともやり切れん話だ……）

目の前にいる沼田と自分がなぜか重なってしまう――島田は無言でビールをあおったが、やけに苦い味がした。

「焼酎にしないか？」

島田が言うと、沼田は黙ってうなずいた。

「ところで、李明佑が妹の何を調査していたのかわかったよ。彼女にはパトロンがいるんだが、その男とは別に浮気、いや本気になった男がいた。それが誰なのかを杉森次郎に調査させていたらしい」

李明姫の恋人は、赤坂にある商社に勤める武藤貴一《むとうきいち》という三十歳の独身男だった。その武藤は事件が起きる三日前から一週間の予定で、インドネシアに出張に行っており、まだ帰国していない。

「李明佑がそれを調べていたと知った明姫は、青ざめていたよ。もう少しで、その武藤も殺されていたかもしれないと思ったんだ。というのも李明姫のパトロンは、赤坂に事務所がある銀龍会系村井組の組長、村井秀治《しゅうじ》で、李明佑はその組の構成員だからな」

李明佑の妹である明姫は二歳年下で、そのへんの女優顔負けの美貌の持ち主である。六十五歳の組長、村井秀治は異常といっていいほど執着しているのだ。

「では、李明佑に調査するように言ったのはその村井組の組長？」

「ああ、組長という体裁《ていさい》もあって、本人自らが出向いて行って調査会社に依頼するわけにもいかず、明姫の兄でもあり、自分の手下でもある明佑にやらせたんだ」

「杉森は李明姫の恋人のことも調査の本当の依頼主のことも知っていたんですかね？」

「知っていたようだ。だが、妹の恋人が何者かは李明佑には伝えなかった。それどころか、妹の明姫に、その恋人を本当に好きならふたりで逃げろと忠告したんだそうだよ」

沼田は虚《きょ》を衝《つ》かれたように、飲む手を止めて島田を見やった。

「妹の明姫は、杉森がどうしてそんな忠告をしてくれるのかわからないと言っていたが、あんたはどうしてだと思うかね？」

島田の問いに沼田は答えず、持っていた焼酎のコップをひと息にあおり、何かじっと考えているようだった。

そして島田と沼田は、しばらく黙ったまま、焼酎のお湯割りを飲みつづけた。気まずい沈黙ではなかった。むしろ、気の置けない古くからの友人と久しぶりに会って酒を飲み、ひとしきり昔話に花を咲かせ終わったあとの心地よさに似ていた。

沈黙を破ったのは島田だった。

「話を戻すようだが、十五年前のあんたと杉森の事件のことだが――わたしがあんたの立場に立たされたら、きっと同じことをしたよ」

島田の唐突な言葉に、沼田はぴくんと反応して島田の顔を見つめた。

「しかしなあ、しかし、杉森次郎も奥さんもあんたを憎んじゃいないよ――いや、わたしが、勝手にそう思いたいだけかもしれんが……」

島田は酔いが回っていた。

「わたしが言いたいのは、それだけだ。ああ、もうこんな時間か。そろそろ、わたしは帰る。あんたとはもう少し飲んでいたいところだが、悪たれ口ばかり叩く娘が待っているもんでね。酒も肴《さかな》もまだ残っている。あんた、独《ひと》り者だろ。よかったら飲んでいてくれ。ここは、奢《おご》らせてもらう」

島田は、おぼつかない足で立ち上がった。

出口の床に腰をおろして靴を履いていると、背中に沼田の声が飛んできた。

「島田さん――」

「ン？」

顔だけ向けた。沼田は顔をすっかり赤くしていたが、目は酔ってはいなかった。

「今度は、わたしに奢らせてもらえませんか？」

沼田のその目は、あの取調室の小さな窓から闇を見ていたときの思いつめたものとは違い、穏やかなものだった。

「サラン、か……」

島田が思い出したようにポツリとつぶやいた。

「？——」

沼田は、ポカンとした顔をしている。

「李明姫の店の名前——韓国語で〝愛〟という意味だそうだな」

「サラン……」

沼田もつぶやいた。

「今回の事件《ヤマ》が片づいたら、また飲もう。そのときは今夜よりもっとうまい酒が飲めるだろうな。楽しみにしている」

島田は立ち上がり、背中越しに手を振って、居酒屋をあとにした。


翌日——杉森次郎の妻、淑子が入院している中野中央病院の中庭は、十一月にもかかわらず汗ばむほどの陽気に包まれていた。

「杉森が肝硬変を患っていた？……」

入院着のうえにガウンをまとい、ひざかけをして車椅子に乗っている淑子は、夫の杉森がそんな病気になっていたことを知らなかったようだ。

「かなり悪化していたようだ」

淑子の近くのベンチに腰をかけている沼田が言った。捜査会議では事件に直接関係ないだろうということからあえて口頭では伝えられなかったが、司法解剖の報告書に「肝臓に持病あり」と書かれていた。

沼田は監察医のところへいって、どの程度の病気だったのかを調べてくれるように頼んだ。すると、肝臓の細胞組織を詳しく調べた結果、肝硬変だということが判明したのだ。

「それであの人……」

「ああ――」

杉森次郎は自殺だった。沼田は、杉森の遺体を発見したとき薄々そうではないかと思っていた。たとえ犯人が顔見知りの人間で不意を突いたにせよ、元刑事の杉森がまったく抵抗することなく殺されるはずがないと思ったのである。

そして、捜査が進むにつれて、それは確信になっていった。何より、発見された場所、李明佑の指紋がついたナイフと名刺、李明佑との関係等々、あまりに証拠が揃いすぎていたからである。

だが、問題は自分の指紋をつけずにどうやってナイフを使って自殺したかだ。杉森は手袋もつけていなかった。

しかし、あの日の夜は風が強かった。沼田はもしやと思い、現場周辺から離れた所に遺留品がないか探した。すると、向かいのビルの前に立っている背の高い木にハンカチが引っかかっているのを発見したのだった。

人気のない、遺体が発見された深夜の零時ごろ、向かいのビルの非常階段から下りてくる沼田の姿を島田が見かけたのは、そのハンカチを取りに行ったところだったのだ。

沼田はそのハンカチを密かに鑑識に調べさせた。案の定、そのハンカチには杉森の血液が付着していたことがわかった。

杉森は李明佑の指紋のついたペティナイフを自分のハンカチで巻き、心臓を突きさしたのである。息絶えたあと、ハンカチが強い風で飛ばされることを計算して……。

自分の命がもうそう長くないと悟った杉森次郎が他殺に見せかけて自殺したのは、ふたつの理由からだった。

ひとつは、李明佑に殺されることになるかもしれない李明姫の恋人、武藤貴一を救うためである。

そうするためには、李明佑が犯人だと思わせる必要があった。だから、李明佑の指紋のついたペティナイフを店から盗み出し、さらに早急に犯人を特定させる手がかりとして、李明佑の指紋がついた彼の名刺だけを財布の中に入れておいたのである。

李明佑が杉森に調査を打ち切り、他の調査会社に頼むと伝えてきたため、それほど時間はないと考えたのだ。

おそらくペティナイフを盗みに「クラブ・サラン」に行ったのは、李明佑が調査の打ち切りを言ってきた日だ。李明佑が開店準備に追われ、調理場から離れた隙《すき》を狙ったのだろう。

「そして、もうひとつは——これが、杉森が自殺したもっとも大きな理由だが……」

そこまで沼田が言うと、淑子は遮《さえぎ》るように、

「死亡保険金であたしに手術を受けさせるため……」

と物哀しい声で言った。

淑子の病気は拡張型心筋症という原因不明の難病で、根本治療は心臓移植かもしくは人工心臓を埋め込むしかない。その手術をしない限り、いつ発作が起きて命を落とすことになってもおかしくはない厄介な病気だ。

しかし、心臓移植にはドナーが必要で難しく、人工心臓を埋め込む手術はドイツがもっとも進んでいるのだが、その費用は少なくとも三千万円はかかる。淑子にその手術を受けさせるには、自分にかけられている四千万円の生命保険金から捻出するより他はないと杉森は考えたのだ。どっちみち、肝硬変になっている自分の命は助からな

いのだからと――。

「あいつは、自分の命をかけてあなたを助けたいと思ったんだ――杉森は、それほどあなたを愛していたんです」

　淑子は悲しい笑みを浮かべると、

「というより、あの人はあたしに先に死なれて、自分ひとり残されるのが怖かったのよ。杉森って、そういう寂しがり屋で、それでいて見栄《みえ》っ張りで……自分と関係ない人まで助けたがる、いいかっこしいな人なの。でもね、沼田さん――」

「ン？」

「あたしは、そんな弱いところがあるあの人に魅かれたの……十五年前の、あの事件のときもそうだった。杉森は、沼田のしたことは正しいんだ。おれはあいつのことを恨んだことはないって言いながら、いつもお酒を飲んでは泣いてたわ……」

　沼田は、じっと何かに耐えているかのように、ひざに置いている拳をぎゅっと握りしめて目をつむっている。

「杉森と結婚して、あなたと連絡を取れなくしたのは、ふたりとも弱い人間だからよ。あなたに会えば、恨みがましいことを言っちゃうような気がして……あたしも杉森も、あなたに嫌われたくなかったの。三人が仲良かったころの、昔のいい思い出を壊したくなかったから……」

淑子は目を潤ませて言った。

「おれは、杉森に試されているような気がしていた――」

沼田は苦しそうに言った。

「試す？」

「ああ。おまえはまた真実を晒《さら》して、みんなにおれを非難させるつもりなのかって……」

「違う！　それは違うわ。杉森は、こう言うはずよ――沼田、おまえのしたことは正しい。おまえなら、必ずまた真実を探しだしてくれると思ってたよって……」

「そうだろうか。あいつは本当にそう思ってくれているだろうか……」

「ええ、そうよ。長年連れ添った女房のあたしが言うんだから間違いないわ」

夕暮れが近づき、少し風が出てきた。

「そろそろ病室に戻ったほうがいい」

沼田はそう言ってベンチから立ち上がり、淑子の背後に回って車椅子を押して病院の入口に向かおうとしたときだった。

「あたし、手術なんか受けないわよ」

淑子が静かに言った。

「何を言っているんだ。それじゃあ、杉森のしたことが——」

沼田が言うと、淑子は遮るように、

「いいのよ。あたし、早くあの世まで杉森を追いかけていって叱《しか》ってやるの。何よ、自分だけさっさと楽なところに行っちゃって。そんなこと許さないんだからねって！……」

そう言うと、淑子は両手で顔を覆って、嗚咽《おえつ》を漏らしはじめた。

沼田は黙りこくったまま、杉森淑子を乗せた車椅子を押して、病院の中へ入っていった。

そんなふたりの会話を島田は、木陰に身を隠して聞いていた。そして、ふたりが去ってゆく姿を見ながら、島田は心の中で自分に問いかけていた。

（美也子は、あの世で沢木と会っているだろうか？　おれとの結婚生活を沢木になんて報告しているんだろう？——いや、そんなことより、もし美也子と沢木が結ばれていたとしたら、おれも沼田のように独り身を通していたんだろうか？……）

と、胸ポケットの携帯電話が振動した。発信先を見ると、瑠璃からだった。珍しいことだ。島田はドキッとして出た。

「どうした？　何かあったのか？」

『ううん、なんにも――あのさ、今日、仕事、早く終わらせるから、晩御飯、外でいっしょに食べてあげようと思って。だから、お父さんも仕事、早く切り上げてよ？』

「どういうことだ？」

島田は、さっぱり要領を得なかった。

『やっぱり、忘れてるんだぁ。今日、お父さんの誕生日でしょ』

すっかり忘れていた。

『だから、ちょっとは親孝行のまねごとしようと思って。高～いレストラン、予約しておくから、お勘定よろしくね。じゃ、またあとで連絡する』

そう言って瑠璃は、一方的に通話を切った。

（まったく、あいつは――）

そう胸の中で毒づきながらも、口元は自然とほころんでいた。

島田は夕日を受けて長くなった自分の影を踏むようにして病院をあとにした。

李明姫と恋人の武藤貴一が韓国に渡って結婚したという話を島田が耳にしたのは、それからしばらくしてからのことだった――。

第二章　共犯者

その夜、島田は約束した時間の五分前、午後七時五十五分に指定された店に着いた。新宿住友《すみとも》ビルの五十二階にある創作和食レストラン「開庵《かいあん》」である。

自動ドアが開いて店内に足を踏み入れると、

「いらっしゃいませ」

淡い桃色の着物姿の若い女性従業員が、うやうやしく頭を下げて出迎えた。

「外山の名前で予約が入っていると思いますが——」

「外山様でございますね。少々お待ちください」

女性従業員はレジに行き、パソコンで予約画面を検索して確認すると、

「お待たせいたしました。八時より、外山様のお名前で二名様、ご予約を承《うけたまわ》っております。コートをお預かりいたしましょうか？」

と言った。

「お願いします」

女性従業員は差し出された島田のコートを両手で受け取ると、レジの横にあるクロ

ーゼットにしまい、

「では、お席へご案内いたします」

と店内へ案内した。

間接照明で明るさを抑えた黒と赤を基調にした内装の広い店内は、程よい音量の和楽が流れ、落ち着いた雰囲気を醸《かも》し出している。

席に案内する若い女性従業員の教育の行きとどいた接客ぶりといい、かなりの高級店だということが一見して看《み》てとれる。

「こちらのお部屋をご用意させていただきました」

店の奥の個室に通された。こぢんまりとした和室で、テーブル横の大きな窓から宝石をちりばめたような東京の夜景が見下ろせるようになっている。

「何かお飲み物をお持ちいたしましょうか？」

「いや、揃《そろ》ってからで――」

島田は下座に腰を下ろして答えた。

「かしこまりました」

女性従業員が部屋を去ると、島田は座椅子にもたれて、眼下に広がる師走《しわす》の東京の夜景に視線を向けた。

（まさしく、絶景だな）

そう思う一方で、あの美しさの底に様々な人たちの憎悪や殺意がマグマのように渦巻いているのだと思うと、夜景の輝きが毒々しいものにも見えてくる。

池袋署の元刑事だった杉森次郎の事件が自殺だったことが判明してから、一週間も経っていないうちに、島田は新宿で起きた殺人事件の捜査に駆り出された。

今朝、井上悟《いのうえさとる》という三十六歳の男が、新宿厚生年金会館の裏にある木造モルタルアパートの一階の自室で死体となって発見されたのである。

第一発見者は隣の部屋に住む二十八歳の男性会社員で、午前八時半に部屋を出て井上悟の部屋の前を通ると、ドアが不自然に開いていた。

朝の冷え込みが厳しかったことと、昨夜、女の人と激しく言い争う声と物音がしていたのを思い出して不審に思い、声をかけながら部屋に上がってみたところ、居間で井上悟が頭から血を流してうつ伏せになって死んでいた。

一一〇番通報を受けて駆け付けた機捜の報告では、部屋が荒らされている形跡も、金品を奪われた様子もなかった。死因は左側頭部を部屋にあった厚いガラス製の灰皿で数回にわたって強打されたことによる頭蓋骨《ずがいこつ》陥没及び脳挫傷《ざしょう》と判明。死亡推定時刻は、昨夜の十一時から午前一時までの間とされた。

また犯人につながる遺留品は凶器となった灰皿や室内に残されている指紋、遺体のそばに落ちていた片方のイヤリングが有力視された。特にイヤリングは、シルバー製の十字架の形をしたもので、十字のクロス部分にルビーが埋め込まれた特徴的なものだったことから、製造元から入手経路が特定可能と期待された。

午後には新宿署に捜査本部が設置され、捜査方針として被害者の交友関係を洗い出すとともに、死亡推定時刻の前後の時間帯に犯人らしき人物を見た者がいないか現場周辺の聞き込みを徹底して行うことが確認された。

そしてその捜査会議が終わり、青木とともに聞き込みに出ようとしたとき、島田は捜査本部長である新宿署署長の外山に呼び止められ、今夜八時にこの店に来るように言われたのである。

外山の用件は見当がついている。今回起きた殺人事件のことではない。赤坂署の蔵元署長から、島田と、沢木の死の真相のことでやりあったのを聞き、その真偽を確かめるためだろう。

「失礼いたします。お連れ様がお見えになりました」

戸外から先ほどの女性従業員の声がした。

腕時計を見ると、八時五分だった。

戸が開き、

「すまん、待たせたかな」

新宿署署長の外山正弘警視正が入ってきた。銀縁の眼鏡をかけている外山は五十八歳にしては髪の毛も、染めているのだろうが黒々として若々しく見え、高級そうなスーツを身にまとっている。

昼間の制服姿とは、がらりと印象が違い、エリート官僚を思わせる風貌をしている。

あぐらから正座に座り直した島田は一礼し、

「いえ、わたしもついさっき来たところです」

と言った。

「そうか――じゃ、とりあえずビールと料理、運んでくれ」

上座に座った外山は、女性従業員に視線を移して言った。

「かしこまりました」

「足、楽にしたまえ。で、今回の事件《ヤマ》は、君はどう見ている？」

女性従業員が部屋を去ると、外山が挨拶《あいさつ》の意味合いを込めて訊いてきた。

「まだ初日ですからなんとも言えませんが、現場の状況からして、おそらく顔見知りによる怨恨《えんこん》の線が濃厚なんじゃないでしょうか」

捜査会議を終えてから、島田は青木とともに現場に行ってみたが、機捜の報告以上の目を引くようなことはなく、犯行時刻に現場周辺を歩く不審な者を見たという人間もいなかった。

また、第一発見者の他に昨夜、女と言い争う声や物音を聞いた住人がいないか訪ねてみたが、どこも留守で訊けずじまいだった。

「怨恨じゃ、長引くことはないな」

「そう願っています」

そんな形ばかりのやりとりをしてほどなくすると、「失礼いたします」という声がして戸が開き、さっきの着物姿の女性従業員がビールと突き出しを運んできた。

「手酌でいこう」

女性が出ていくと外山が言った。

「はい」

島田と外山は、それぞれのビールをコップに注ぎ、軽く持ち上げて乾杯をし、一気に飲み干した。

「ところで――今夜、こうして君をここに呼んだのは、他でもない。遅ればせながらだが、沢木殺しの犯人、野村健一を見つけ出してくれた礼をしたかったからだ」

空けたコップに手酌しながら外山が言った。

「恐縮です」

「君がやってくれたことは特進ものだよ。わたしもどれだけ溜飲《りゅういん》が下がる思いをしたことか。あのときの捜査班の一員だった者として、心から礼を言う。ありがとう」

外山は頭を下げた。

「署長、どうぞ、頭を上げてください――」

島田は外山の腹の中が読めなかった。赤坂署の蔵元署長から話は伝わっているはずなのだ。外山の言動をそのまま受け取っていいものか、それとも裏に何か意図が隠されているのか――。

案の定、外山は顔を上げると、

「この間、蔵元から電話があった。君、あいつを怒らせたらしいじゃないか」

と言った。

「はあ。そんなつもりはなかったのですが――」

やはり、話は伝わっている。蔵元と外山は同期で、ふたりともノンキャリアながら警視正となり、赤坂署と新宿署という大きな所轄の署長になっている。ノンキャリアで、そこまで出世することは至難の業である。

　二十五年前、野村健一を別件逮捕すべく集められた四課の捜査員たちは、それほど選《え》りすぐった者たちばかりだったということだ。

　だが、蔵元と外山はまるでタイプが違う。蔵元は見た目も体育会なら物言いも直情的でわかりやすいが、外山は体も小柄なほうで話し方もソフトな分、腹蔵があるように思えてならない。

　島田はそれきり口をつぐんで、外山の出方をうかがうことにした。

「沢木の部屋から、野村健一から受け取った証拠品とやらを盗み出した者が、あのときのメンバーの中のひとりだそうだね」

「ええ」

　島田は外山の表情のどんな変化も見逃すまいと、じっと見つめた。

「蔵元じゃないそうだな？」

「はい」

　証拠があるわけではない。勘である。

「ま、やつじゃないだろうな――」

　そこまで言うと外山は島田から視線を外して、眼下の東京の夜景を見ながら、

「となると大場、中島、岩波のうちの誰かということになるか……」

と独り言のように言った。

(演技か？　それとも本当にこの人も違うのか？)

外山の表情からは、どちらとも読み取れない——島田は一か八か蔵元にやった、同じカマをかけてみることにした。

「署長、これは蔵元署長にもお尋ねしたことですが、あなたならどうしました？　上から、沢木の部屋から証拠品を取ってこいと命令されたらやりましたか？」

夜景を見ながら物思いに耽《ふけ》っていた外山は、島田に視線を向けると、

「ああ、蔵元はそう訊かれて怒ったらしいが、何も怒ることじゃないだろう。上からの命令なんだ。わたしも、当然やっただろうな」

とこともなげに言うと、ひとつ大きく息を吸ってつづけた。

「君は、沢木は警察に殺されたようなものだと蔵元に言ったらしいな。まあ、結果的にはそう言えなくもないが、殺したのは野村健一なんだ。沢木の部屋からその証拠品とやらを盗んだやつが、責められることではないだろ」

「ええ。しかし、その証拠が上層部の手に渡ったことで、東都建設と銀龍会、そして建設族の大物政治家、この三つ巴の悪事が闇から闇に葬られることになったのは事実

です」

「うむ。そこが長い間、解せなかったんだ。あのとき、二課も別に動いていた。我々四課よりも先にだ。だが、亡くなった田中課長と同期で親友だった二課の五十嵐《いがらし》課長が手を組んで両面から捜査することになった」

それは沢木から聞いていた。東都建設は、ずいぶん前から談合疑惑のたびにその名前が浮かんでは消えしている準大手ゼネコンで、二課はしっぽを摑んでは逃げられるという煮え湯を飲まされていたらしい。

「ふたりは相当な覚悟で臨んでいたはずだ。上層部がストップをかけたからといって、即座に捜査を打ち切るというのは、よほど強い圧力があったということだ。逆に言えば、沢木が手にした証拠とやらは、それほど決定的なものだったということになる」

「ええ。わたしもそう思います」

「しかし、もしわたしが沢木の部屋からその証拠品とやらを、上からの命令で盗み出したとしたら、コピーも取っただろうな」

（！――やはり、そうか……）

想定していたことではあったが、沢木の同僚だった人間の口から直に聞くと、戸惑いは隠せなかった。

「宝みたいなものなんだ。持っていれば、いつかきっと何かのときに役に立つはずだからな」

外山は抜け目のない笑みを浮かべている。

（この人は、やはりシロの可能性が高いのではないか？　田中課長は、この外山という男は危険だと判断し、命令を下さなかったのかもしれない……）

「もっとも当時のわたしだったらという話だがね。その証拠品とやらはたしかに宝ではあるが、同時に危険な代物でもある。実際、沢木は殺《や》られたからな」

若いときには野心があったが、今はそれなりの出世を遂げ、そんな危険な賭けのようなことなどする必要がないということか――ならば、どうして外山はこうして自分に近づいてきたのか？　やはり、この男には油断はできない……。

そんな島田の心中を見透かしているかのように、外山は言った。

「わたしは、あと二年で退官する身なんだ。おとなしくしているに限る。こうして今夜君とここで会うことにしたのは、本当に野村健一を探し出したことに対する礼がしたかったからだ。沢木の部屋から証拠品を盗み出したやつが誰なのか、それを今さら知ってもどうなるものでもない。だが、その証拠品とやらがどんなものなのか、興味があるのはたしかだ」

外山は、突き出しのおぼろ豆腐を舌舐《な》めずりするように、口に運んで言った。

「単なる興味だけですか？」

この頭の切れる外山のことだ。もっと他に狙いがあるに違いない。

「君はまだそいつに直接、接触はしていないんだろ？」

外山は、島田のはったりを信じているようだ。

（ここは、のってみるとしよう……）

「ええ。そう簡単に口は割らないでしょうからね」

「ああ。だが、そいつは必ずコピーを持っている。これまでそれを利用する機会はなかっただろうが、かといって表に出すわけにもいかず、後生大事に隠し持っているはずだ。なにしろ宝としての輝きは失ったかもしれないが、依然として危険なものであることに変わりはないからな」

外山の言いたいことは、こういうことだ――東都建設も銀龍会も、そして名前が取りざたされた複数の大物政治家も未《いま》だ健在だ。今更表に出したところで彼らは罪に問われることはないが、それが公になれば道義的責任を問われ、社会的制裁を受けることになる。その証拠品を持っていることが彼らの耳に入れば、今でも命を狙われる危険性は充分にあるのだ。

「失礼します」

女性従業員の声が聞こえて、戸が開いた。

「お料理をお持ちしました」

外山との会話は中断を余儀なくされた。

「ああ、君、ビールはもういいだろ。焼酎にするかね？」

「ええ」

「じゃ、吉四六《きっちょむ》を一本持ってきてくれたまえ。お湯割りのセットも頼む」

「かしこまりました」

女性従業員はひとしきり料理の説明をすると部屋を出ていき、しばらくすると焼酎の吉四六とお湯割りのセットを運んできた。

島田が二人分の焼酎のお湯割りを作り、そのひとつを差し出すと、コップを受け取った外山が、

「──手を貸してもいい」

と島田の目を見つめてぼそりと言った。

「!?……」

どういう意味なのかわからなかった。

「大場、中島、岩波——彼らの弱みのひとつやふたつは握っている。君が持っているという証拠を突き付け、さらにわたしの知ってる弱みをエサにすれば、吐かせることができるかもしれん」

かつての同僚だったのだ。お互い、他の者には知られたくない悪事のひとつやふたつは握っているものだ。

「——ただし、わたしにもそいつが持っているという証拠品のコピーを見せてくれるという条件付きだがな」

外山は計算高そうな眼つきをして言った。

(この男の真の狙いはいったい何なんだ？)

島田が逡巡していると、

「はっきり言おう。二年先のわたしの再就職先はほぼ決まっている。不服があるわけではないが、もっといいところに行けたらそれに越したことはない。もしかすると、君の情報がなんらかの役に立つかもしれん」

と外山はしれっとした顔で言った。

それを聞いた島田は絶句する思いだった。たしかに考えてみれば、あの証拠品は警察組織にとっても大変な弱みになる。

外山は警察上層部にあの事件を握り潰《つぶ》したことをチラつかせ、再就職先をもっといいところにするために便宜を図らせようという腹なのだ。

沢木の死の真相も沢木を裏切った人間が誰なのかも、そんな過去のことなどどうでもいいのだ。

外山にとって、もっとも大切なことは今であり、これから先もどううまく生き延びていくかということにしか興味がないのだ。そのために利用できるものはすべて利用する――島田は、外山の厚顔無恥ぶりに唖然とし、目の前にいる男のとり澄ました顔を思わず凝視した。一瞬、殺意にも似た感情を抱いたが、

「ひとりでは手に負えないと判断したときには、ご相談させていただくことになるかもしれません」

と真顔で返した。

半分本気だった。外山の取引きは決して気分のいいものではないが、どうにも手が打てないときは効果がありそうなのだ。

「君も頑固だね。ま、だからこそ二十五年もの間、野村健一を追いつづけるなんてことができたんだろうが――わたしも退官まであと二年ある。急ぐことでもなし、君の

いいようにすればいい」

外山は外山で島田にほとほと呆れているようだ。

（この人は完全にシロだ。残るは大場、中島、岩波の三人——さて、どうしたものか……）

島田は思案しながら、ほとんど手をつけていない料理に箸を伸ばした。

運ばれてきた料理は見た目も美しく、手の込んだものばかりだが、島田にはどの料理もどうにも味気ないものに感じられてならなかった。


翌日の朝の捜査会議で、被害者の井上悟には前科があることがわかった。

井上は十年前、バイクで人を撥《は》ねて死亡させ、懲役八年の実刑判決を受けたが模範囚として認められて刑が軽減されて、四年前に服役を終えているのだという。

出所後、保護司の紹介で葬儀会社に勤めたが二年で退社し、その後いろいろな職業に就いたもののどれも長続きさせず、殺されるまでは新宿でキャバクラ嬢のスカウトマンをしていた。それだけに携帯電話には数えきれないほどの女性の連絡先が記録されていた。

しかし、同じスカウトマンの仲間から聞き込みをした結果、井上悟がもっとも親しくしていた女性がわかった。

新宿三丁目にある「ルイード」というスナックのママをしている田代美奈子《たしろみなこ》という三十八歳の女で、井上はその女のヒモ同然だったらしい。

そして、新宿署の刑事のひとりがもうひとつ注目すべき情報を得てきた。井上悟が死亡したとされる一昨夜の十一時過ぎ、三十代と思われる女性が井上悟のアパートから逃げるように去っていくのを見たという目撃者を探し出してきたのである。

夜だったため、顔は似顔絵を作成できるほどはっきりとは見なかったが、ベージュのハーフコートを着ていたという。

さらに鑑識課からは、凶器となった厚いガラス製の灰皿から指紋は何ひとつ採取されず、犯人が拭き取った可能性が高いこと。また、室内からは被害者以外の指紋が三種類採取されたが、前科者リストに該当するものはなかった。

そして、部屋に落ちていた十字架のイヤリングには、不思議なことに誰の指紋も付着していなかったが、少なくとも片方だけで十万円はするオーダーメイド品であることから、製造元の特定にはそれほど時間はかからないだろうとのことだった。

「――よって、今後の捜査は被害者《ガイシャ》のアパートから逃げるように去ったという三十代の女が何者なのか、引き続き被害者の交友関係、遺留品のイヤリングの製造元を洗ってくれ。わたしからは以上だが、何か意見のある者はいるか？」

　捜査主任の刑事課長の言葉に、誰も手を上げる者はいなかった。会議室は安堵《あんど》の空気に包まれている。解決の目処がついたと多くの捜査員が思っているのだ。

「では、解散――」

　刑事課長が締めくくると、捜査員全員が飛び出すように会議室を出ていった。

「島田さん、どこ当たりますか？」

　ひとりだけ席を立たず、資料に目を通している島田に青木が訊いた。

「井上が起こした十年前の事件の被害者《ガイシャ》の遺族に会ってこようと思う」

「？――どうしてまた……」

　青木は訝《いぶか》しい顔をしている。

「井上悟がバイクで轢《ひ》き逃げ事件を起こしたのも、十年前のちょうど今ごろだった。ただの偶然かもしれんが、遺族がどうしているのか気になってな」

　十年前の十二月十二日の夜の十時過ぎ、井上は世田谷《せたがや》区の千歳船橋《ちとせふなばし》駅南口の桜丘《さくらがおか》二丁目の住宅街を制限速度をはるかに超えたスピードで走っていた。

　そして、一時停止せずに角を曲がり、信号が青になっている横断歩道を渡っていた男を撥ねて転倒。撥ねられた男はまだ息があったが、井上はバイクを起こすと、そのまま逃走したのである。

　被害者となった男性は当時二十八歳の高田優一《たかだゆういち》という東京大学の研究室に勤める学者の卵だった。井上が現場から逃走したあと、頭から血を流して倒れている高田優一を通行人が発見して一一九番に通報したのだが、病院に到着する前に死亡した。

　警察がバイクの割れたパーツから車種を割り出し、人を撥ねた形跡のある井上悟のバイクを特定して逮捕できたのは、事故を起こしてから二カ月後である。

　資料によると、裁判で救急隊員と搬送先の医師は、井上が逃走せず、すぐに救急車を呼んでいれば助かった可能性は充分にあったと断言している。

　遺族や近親者が未だに井上悟を恨んでいるとしても、なんら不思議ではないと島田は思ったのである。

「井上悟が殺されたアパートから逃げるように去った女は三十代だ」

「ええ」

「井上悟はキャバクラ嬢のスカウトマンだ。携帯電話にあった連絡先は、ほとんど若い子ばかりで、井上の周辺にいる三十代の女といえば、今のところスナック・ルイードのママ、田代美奈子ひとりだ」

「そうですが……」

青木は意味を測りかねている顔をしている。

「目撃された、その三十代の女と田代美奈子が同一人物で、なおかつこのイヤリングの持ち主ならば、犯人《ホシ》は彼女で決まりということになる。しかし、このイヤリングがどうにも気になってな……」

島田は配られた十字架のイヤリングが写っている写真を見ながらつづけた。

「こういうセンスのものを身につける女性は、井上悟の周辺にいる人間とは別の種類の人のような気がしてならないんだ。まあ、単なる勘だが——」

島田は口で言うほど勘というものを軽んじてはいない。勘は、その人のこれまでの経験や体験、知識を脳が総動員して導き出す、ひとつの答えだと島田は思っている。

勘がいい悪いは、その経験や体験、知識が浅いか深いかによるのだ。

こういうイヤリングをしている女性は、井上悟の周辺にはいない——捜査畑三十数年の島田の勘が、そう答えを出しているのだ。

「それで井上悟が十年前に起こした事件の被害者の遺族に会いに行く？……」

青木は、自問するように繰り返していたが、やがてはっとした顔になって、

「十年前に井上が轢き逃げした高田優一は二十八歳。もし彼と交際していた女性がいたとしたら、三十代ということになる——」

と声を弾ませて言った。

島田と青木が、十年前に井上悟が起こした事件の被害者である高田優一の実家に着いたのは、午前十時を少し過ぎたころだった。

木造二階建ての古い家で、事故現場となった横断歩道からそう遠くない場所である。高田優一はあの夜、帰宅途中で事故にあったのだ。

表札には、高田優太郎《ゆうたろう》・房江《ふさえ》・優一の文字が刻まれていた。

島田が呼び鈴を押すと、少しして引き戸が開けられ、白髪をオールバックにした中肉中背の老人が姿を見せた。高田優一の父親、優太郎だろう。

「島田といいます」

「青木です」

島田と青木は警察手帳をかざして言った。

「何か？」

高田優太郎は、特に驚いたというふうでもなく言った。

「突然、お訪ねしてこんなことを言うのはなんですが、十年前に亡くなられたご子息の優一さんを轢き逃げした井上悟が、昨日、遺体で発見されたのはご存じですか？」

島田が言うと、

「ええ。新聞やテレビで知りました」

高田優太郎は、動揺する様子もなく答えた。

「ご存じでしたか。実は、殺されたと思われる時刻、現場となったアパートから三十代と思われる女性の逃げ去る姿が目撃されていましてね」

「はあ」

高田優太郎は、まるで要領が得ないという顔をしている。

「殺された井上悟の部屋に、こんなものが落ちていたんです」

島田は背広の内ポケットから、現場に落ちていた十字架のイヤリングの写真を見せた。

「見覚えはありませんか？」

それを見た高田優太郎は、眉間に皺を寄せて、

「さっきから何をおっしゃりたいのか、わたしにはさっぱりわからんのですが――」

と言った。

「単刀直入にうかがいます。優一さんが生きていらっしゃったころ、優一さんと親しくしていた女性を教えていただけますか？」

不躾《ぶしつけ》極まりないことは充分に承知していながら、島田は訊いた。

「どういうことですか？」

高田優太郎は、案《あん》の定《じょう》、驚いた顔を見せたとたん、すぐに露骨に不愉快だという顔を作って訊き返してきた。

「参考までに、お聞きしています」

島田は、淡々と言った。

「参考まで？——さっきから、あなたのおっしゃっている意味がよくわかりませんな。もしかして、優一と親しくしていた女性が、優一のために復讐したのではないかとでもおっしゃりたいのですか？」

高田優太郎は、興奮しているのを懸命に抑えているように島田には見えた。

「すみません。わたしたちは、あらゆる可能性を考え、そのひとつひとつを潰していくのが仕事でして——」

島田が言うと高田優太郎は、呆れたと言わんばかりに島田と青木をひと睨《にら》みすると、大きく息をついて、

「優一が親しく付き合っていた女性は、たしかにひとりおりました。しかし、その人はもう他の人と結婚して幸せに暮らしている。復讐だなんてバカなことをするはずが

ない。刑事さん、昔のことを詮索《せんさく》して、彼女の家庭に波風立てるようなことはせんでやってください」

と、やり切れないという表情で言った。

高田優太郎の言うことは、もっともだと島田は思う。そもそも復讐しようと思うなら、井上悟は四年も前に出所しているのだ。もっと前にしていていいはずである。

「もうよろしいですかな？　出かける用意をせにゃなりませんもので」

高田優太郎は、うんざりだという顔で言った。

「どうも、お時間を取らせました」

島田が軽く頭を下げたが、高田優太郎は振り返ることもなく、無言で戸を閉めた。

「あの父親の言うことは、もっともですよね。だいたい復讐しようと思えば、井上は四年も前に出所していますｓ。なにも今でなくてもいいはずですからね」

捜査車両に戻ると、島田が思ったのと同じことを青木が言った。

「それにしても無関心だったな」

「無関心？」

「君はそう思わなかったか？　ひとり息子を殺した男が、今度は何者かに殺されたんだ。もっと驚いたり、不謹慎だと思いながらも、喜びたい気分になったりしないものかな」

島田は、高田優太郎が努めて冷静になろうとしているような気がしてならなかった。

（考えすぎだろうか？……）

そう思っていると、

「十年も前のことですからね。忘れたいって感じなんじゃないでしょうか？」

と青木が言った。

（そんなものだろうか？　二十五年も前に殺された沢木の事件に未だにこだわっている自分は、おかしいのだろうか……）

島田が無言でいると、

「いや、島田さんの場合は未解決事件でしたから――」

と青木は、島田の心中を見透かしたかのように言った。

「ひとり息子が殺されたんだ。忘れようにも忘れられないさ。まして事故があったのは、ちょうど今と同じ十二月の初めだった。いやでも思い出すと思うんだが――」

「だから、余計に寝た子を起こされたというか、関わり合いたくないって気持ちのほうが強いんじゃないでしょうか？」

そう言われれば、そんな気がしなくもない。

「これからどうしましょう？」

「十年前の事故現場は、ここからそう遠くない。ちょっと寄ってみよう」

「あ、はあ――」

青木は気のない返事をして車を発進させた。

事故があった横断歩道は、高田優太郎の家から車でほんの五分ほど走った場所だった。

「島田さん！」

車から降りた青木が、興奮した口調で言った。見ると、事故があった横断歩道の横に、赤い薔薇《ばら》の花が三本供えられていた。

「まだ新しいな」

しゃがみ込んで島田が言った。

「ええ」

島田は立ち上がって、あたりを見回した。すると、ちょうど十メートルほど向こうから、服を着せたヨークシャテリアを連れた中年の女性がやってくるのが見えた。

「すみません、ちょっとよろしいですか？」

島田が声をかけると、その女性は警戒した目つきをして通り過ぎようとしたが、島田が胸ポケットから警察手帳を取り出して見せると、今度は硬い表情になって足を止めた。

「なんでしょう？」

中年の女性は、緊張した声を出した。

「いつもここを通られるんですか？」

島田は、できる限りの愛想を浮かべて訊いた。

「ええ。毎日一日三回、この子を連れて散歩に出るときにここを通りますけど」

中年女性の表情がいくらか和らいできた。

「この薔薇の花、いつからあったか、わかりますか？」

島田が目で指して訊くと、

「ああ、昨日からありましたよ」

中年女性は、即座に答えた。

昨日は十二月六日――井上悟の死体が発見された日である。

「昨日の何時ごろからあったんでしょう？」

「花を供えているところを見たわけじゃありませんから、正確な時間なんてわかりませんけど、朝とお昼はなかったですよ。夕方のお散歩で、ここを通りかかったときにはありました」

井上悟が殺された日の翌日に、十年前、井上悟によって高田優一が轢き殺されたこの場所に花が供えられた——ただの偶然ではないだろう。

「ここに、薔薇の花があるのを見たのは初めてですか？」

今度は青木が訊いた。

「いいえぇ、なんでも十年くらい前に、ここで事故に遭って亡くなられた方がいらっしゃるんだとかで、月命日には必ず薔薇の花が供えられているみたいですよ。たしか……十二日だったかしら？　だから、昨日、薔薇があったんでおかしいなと思ったんですけどね」

中年女性は、すっかり緊張が解け、今は興味津々という顔つきになっている。

「この薔薇の花を供えている人を見たことがありますか？」

島田が訊くと、

「ええ。二、三度ですけど——あの方、亡くなられた方のお父様じゃないですか？　白髪をオールバックにした品のいいおじいさんです。その人と、あれは娘さんかしらね、おふたりで薔薇を供えて手を合わせているのを見たことありますよ」

と中年女性は答えた。

島田と青木は顔を見合わせた。

白髪をオールバックにした品のいい老人は間違いなく、高田優太郎だろう。だが、娘さんというのは誰だろう？　高田優太郎には、優一の他に子供はいないのだ。

（さっき、優一にはひとりだけ親しくしていた女性がいたと言っていた。その人だろうか？　いや、その人はもう他の人と結婚して幸せに暮らしていると言っていた。ということは、別の女性なのだろうか？）

島田が心の中で思っていると、

「もう、よろしいですか？」

中年女性が言った。

連れているヨークシャテリアが先を歩きたがっている。

「もうひとつだけ――おじいさんといっしょに手を合わせていた女性は、三十代でベージュのハーフコートを着ていませんでしたか？」

青木が訊いた。

「さあ、わたしがその人を見たのはもっと暖かいころでしたから……ああ、お花屋さんに訊いてみたらどうですか？　ここの道をまっすぐに行って、左に曲がったところにあるお店で花を買っているところを見たことがあります――じゃ、そろそろわたし、いいですか？」

中年の女性は困った顔をしている。

「お引き留めして申し訳ありませんでした。ありがとうございました」

島田が言い、青木とともに軽く頭を下げた。

「やっぱり、島田さんの言うとおり、たとえ十年二十年経っても、亡くなった子供のことを忘れる親なんているはずがないんですね」

中年女性の後ろ姿から横断歩道の横にある薔薇の花に視線を移して青木が言った。

しかし、ではどうして高田優太郎は無関心を装ったのだろうか？　そう見えたのは島田の思い過ごしだろうか？

「父親といっしょに手を合わせていたという女の人が何者なのか気になるな。花屋に行って訊いてみよう」

「はい」

島田と青木は捜査車両に戻り、さきほどの犬を連れた中年女性に教えられたとおりの道を行き、花屋を目指した。

中年女性が教えてくれた花屋は、表通りと裏通りのちょうど角にある立地の良い場所にあった。

「ちょっとお訊きしたいことがあるのですが――」

店近くのコインパーキングに車を置いた島田と青木は、店先で花の手入れをしている女性に声をかけた。

「はい。なんでしょう?」

振り返ったその女性は四十代後半だろうか、ふっくらとした体型で人の良さそうな笑顔を見せた。

「高田優太郎さんという方をご存じですか?」

島田が言うと、花屋の女性は急に顔を曇らせた。

「あやしい者ではありません」

島田と青木は警察手帳を見せた。

「高田先生が何か……」

花屋の女性は、今度は怯《おび》えた表情になった。

「いいえ。毎月十二日に薔薇の花を買われると聞いたものですから」

「ああ、はい。息子さんの優一さんの月命日に、真弓《まゆみ》さんといっしょに薔薇の花をお買い求めになります。優一さん、薔薇が好きでしたから」

「真弓さん？」

青木が訊いた。

「ええ。小学生のときに高田先生の教え子だった人で、優一さんと幼馴染《おさなな じ》みの女性です。優一さんと結婚するはずだったんですけど、十年前、優一さん交通事故で……」

高田優太郎が、優一に親しい女性がひとりいたというのは、その真弓という女性のことに違いない。

「その真弓さんという方は、今は別の人と結婚されているそうですね」

島田が言うと、花屋の女性は安堵《あんど》した表情を見せて、

「そうなんですよ、三、四ヵ月くらい前に――」

「ごく最近なんですか」

「ええ。踏ん切りがつくのに、それくらいかかったっていうことなんじゃないですか？　ですけど、結婚した今でも真弓さん、優一さんの月命日には必ず高田先生とごいっしょに薔薇の花をお買い求めになって、事故があった横断歩道に供えに行くんですよ」

花屋の女性は、感心しきりといった顔をしている。

「高田優太郎さんの奥さんは、ごいっしょには行かないんですか？」

島田が訊くと、

「高田先生の奥さんは八年前にお亡くなりになってるんですよ。自慢のひとり息子があんな死にかたしちゃって相当ショックだったんでしょうね。以前から心臓の弱い方だったんですが、優一さんの後を追うように亡くなられて……」

花屋の女性は目を潤ませて言った。生前、よほど親しくしていたのだろう。

「それはお気の毒でしたね」

「ええ、本当に。だから、ひとりぼっちになってしまった高田先生を放っておけないって思ったんでしょうねえ、真弓さんは奥さんが亡くなられてから、毎日のように御夕飯の支度をしに、先生のお宅に通うようになって、結婚した今だってそうしているんですよ」

「今でも？――ところで、昨日もこちらで、おふたりは薔薇の花を？」

島田が言うと花屋の女性は、

「いいえ、高田先生、おひとりでした。月命日じゃありませんから。それなのにどうしてなんだろうって思って訊いてみたら、なんでも優一さんを事故で死なせた男が、昨日誰かに殺されたっていうじゃないですか。あたし、もう、びっくりしちゃって――」

と言うと、急にハッとして、

「もしかして、刑事さんたち、そのことで？」

と警戒した顔つきになった。

島田は構わず、

「つかぬことをお訊きしますが、その真弓さんという女性、こんなイヤリングをしていませんでしたか？」

十字架のイヤリングの写真を見せると、花屋の女性はじっと見つめ、

「このイヤリングが、どうかしたんですか？」

と怯えた顔をして訊いた。

「見覚え、あるんですね？」

島田が再び尋ねると、

「十字架の形をしたイヤリングなんて、別に珍しいものじゃありませんから……」

と体を硬くして言った。

「ええ。しかし、この十字にクロスしたところにルビーが埋め込まれているのは、大

量生産されているものではないんです。もう一度、よく見てくれませんか？」

島田が写真を再び近づけると、花屋の女性は目をそむけて、

「真弓さんが、そんなイヤリングをしているの、見たことはないですよ」

花屋の女性の声は上ずっていた。明らかに嘘をついている。

「あなたにご迷惑をおかけするようなことはしません。本当のことを言ってくれませんか？」

島田は諭《さと》すように言った。

しかし、花屋の女性は、

「本当に見たこと、ありません……」

と泣きそうな顔になって言った。

「本当ですか？」

青木が詰め寄って訊いた。

「ほ、本当ですよ……」

花屋の女性の目が泳いでいる。

「これはとても大切なことなんです」

さらに詰め寄ろうとした青木を島田は手で制して、

「その真弓さんという方のフルネームと住所を教えていただけますか？」

と訊いた。

しかし、花屋の女性は口をつぐんだきり話そうとはしない。

「そうですか。我々、警察に協力したくないのなら、それでも結構です。調べれば、すぐにわかることですから」

島田はあえて威圧的な言葉を使って言うと、青木に「いくぞ」と目で合図して、背を向けた。

すると、

「刑事さん、ちょ、ちょっと待ってください。あたしは、何も警察に協力なんかしないと言ってるわけじゃ……」

と花屋の女性が慌《あわ》てて追いかけてきた。

善良な市民ほど警察に睨まれたくないと思うものだ。

「では、教えていただけるんですね？」

「――ちょっとお待ちください」

花屋の女性はそう言うと、店内に入り、しばらくして台帳を持ってきた。

「旧姓は木下《きのした》でしたけど、今は室井《むろい》真弓さんです。住所はここに――」

と開いた台帳を差し出した。

青木がその住所をメモすると、

「ご協力、ありがとうございました」

と言って再び島田と青木が背を向けた。

そして歩き出すと、

「刑事さん――」

花屋の女性が切羽詰まった声をかけてきた。

島田と青木が振り返ると、

「あの……あれです。真弓さん、そんな人じゃないです」

花屋の女性は左手で拳を作り、それを右手でせわしなく撫でながら言った。

「そんな人じゃない――というと？」

「ですから……真弓さんは、そんな犯罪とか事件とかそういうことに関わるような人じゃありません。本当です！」

花屋の女性の言い方は、まるで身内の人間の無実を訴えるような切実さがこもっていた。

「ええ。わたしたちもそうであることを願っています――」

島田がそう言うと、花屋の女性は一瞬、泣きそうな顔を見せ、「よろしくお願いします」と言わんばかりに深々と頭を下げた。

「しかし、ツラいですね」

室井真弓の家に向かう捜査車両を運転しながら、青木が言った。

「何がだ？」

助手席の島田が、ちらっと青木の横顔を見て訊いた。

「だって、十中八九、室井真弓に決まりじゃないですか——」

「だが、そもそもどうして室井真弓は、井上悟の部屋になんか行ったのかな……」

島田は、独り言のようにつぶやいた。

「復讐するため、じゃないんですか？」

青木はちらっと島田を見て言った。

「わたしも最初は、その可能性もなくはないと思っていた。しかし、室井真弓が結婚したのは、つい最近だ。十年も前の恋人のことを思って復讐するだろうか？」

「幸せな結婚じゃなかったとか？　それでヤケになって、こんなことになったのはあいつのせいだと思い込んで殺した——」

青木は自問自答するような口ぶりで言った。

「幸せな結婚じゃなかった、か……」

「ええ。だいたい結婚した今も死んだ恋人の父親の家に夕飯を作りに行くなんて、おかしくないですか？」

「うん。たしかに、いくらその父親が小学生時代の恩師とはいえ、妙だな。君が旦那だったら、どう思う？」

「どう思うって――そりゃ、やめるように言いますよ」

「それでもやめようとしなかったら？」

「わかりませんけど、離婚問題に発展しちゃうんじゃないですかね――島田さんなら、どうしますか？」

青木から訊かれる前に自問していたところだった。自分と結婚した美也子がもし、死んだ沢木のことを想いつづけ、室井真弓と同じように沢木の父親のところに毎日夕飯を作りに行ったとしたら、自分はどう思うだろうか？

いや、それよりもむしろ、室井真弓は結婚した夫のことを本当に愛しているのか、島田には気になるところだった。

「島田さん、どうかしましたか？」

島田が急に黙りこくったので、青木は変に思ったようだ。

「いや、女心もわからんが、自分自身のことが一番わからんもんだなと思ってね」

「へえー」

青木が感心した声を出した。

「ン？」

「いえ、島田さんがそんなことを言うなんて意外だなあと思ったもので――」

「そうか？」

「はい。島田さんは女心はともかく、ご自身のことはよくわかっている人なんだろうと思っていましたから」

「買い被《かぶ》り過ぎだ。しかし、女心はともかくって、どういう意味だ？」

「あ、すいません。瑠璃さんがそう言ってたものですから」

（瑠璃がそんなことを？――まだふたりは会っているのか……）

島田が青木の横顔をちらっと見ると、青木は島田の視線を感じたのか、

「あ、悪い意味で言ったんじゃないと思います、きっと――」

と取ってつけたように言った。

「女心がわからないって、いい意味に使うことってあるのか？」

島田が皮肉な笑みを浮かべて言うと、

「あ、さあ？……島田さん、室井真弓の家、そろそろです」

と青木は声のトーンを上げて、話を打ち切った。

室井真弓のマンションは世田谷区経堂《きょうどう》の駅から十分ほど歩いたところにあって、高田優太郎の家までは電車でひと駅である。三十分もあれば着くことができるだろう。

室井雅幸《まさゆき》・真弓の住む部屋は三階にあった。島田がインターホンを押そうと手を伸ばしたとき、ちょうど室井雅幸がドアを開けて出てきた。

「室井さんですか？」

「そうですが――」

室井雅幸はボストンバッグを手にしていた。四十歳手前だろうか、ジーパンに厚手のジャケットというラフな格好をしている。

「ご旅行ですか？」

島田が言うと、

「どちらさまですか？」

人の良さそうな顔をしていた室井雅幸は、不審そうな顔になって言った。

「あ、失礼しました。島田と言います」

島田と青木は、警察手帳を見せた。

「刑事さん？……」

室井雅幸の顔が強張《こわば》った。

「奥様の真弓さんは、ご在宅ですか？」

「いえ——妻は今、病院に入院していて、これから着替えを持っていくところなんです」

「どこか悪いんですか？」

「たいしたことはないんですが、昨日から体調が悪いと言い出して——それで、今朝、病院で診てもらったら二、三日は安静にしていたほうがいいと言われたものですから」

「昨日から、ですか？」

青木が確認した。

「ええ」

「奥様にお訊きしたいことがあるんですが、お話しできる状態ですか？」

島田が訊くと、室井雅幸は顔をさらに強張らせて、

「ここじゃなんですから、どうぞお入りください。お訊きになりたいことがあるのなら、わたしが答えます」

周囲を気にして低い声で鋭く言った。


「一昨夜の十一時ごろ、ですか？」

島田と青木を居間に通し、インスタントコーヒーをふたりに差し出した室井雅幸は、ポカンとした顔を向けて訊き返した。

「ええ。奥さんは——室井真弓さんは、その時間どこにいたんでしょう？」

島田が言うと、

「どこにって——そんな遅い時間、ウチにいたに決まっているでしょう。真弓はわたしとこの家にいました」

室井雅幸は顔を青くして答えた。

「おふたりがこの家にいたということを証明できる人はいますか？」

青木が尋ねた。

「夜の十一時ごろなんて遅い時間に誰か訪ねてくることなんて、そうはないでしょ

う？　刑事さん、いったい何が知りたくていらしたんですか？」

　室井雅幸は困り果てたという表情をしている。

「一昨日の夜、井上悟という男が自分の部屋で何者かに殺されるという事件が起きたのをご存じですか？」

　島田が訊いた。

「ニュースで見ました。優一を殺した男が、今度は誰かに殺されるなんて、本当に驚きました」

　室井雅幸は、そこまで言って、ハッと気づいた顔になると、

「まさか、刑事さん、その事件に真弓が関わっていると？」

と言って、島田と青木の顔を茫然と見つめた。

「室井さん、あなた今、優一と呼び捨てにしましたが、高田優一さんとはどういう関係だったんですか？」

　島田は室井雅幸の問いに肯定も否定もしないまま尋ねた。

「どういうって……優一と真弓とわたしは三人とも幼馴染みです。優一とは大学院まででいっしょでした。もっとも優一は研究室に残ることができましたけど、わたしは大学に残ることができなくて進学塾の講師になりました——でも、優一が博士号を取る

ためにアメリカの大学院に行くことが決まった年です。あんな事故に遭ってしまったのは……」

室井雅幸は死んだ親友の恋人と結婚したということになる——島田は複雑な感情に駆られた。

「奥さんの真弓さんは、今も高田優一さんの月命日に事故があった横断歩道に優一さんのお父さんといっしょに花を手向けているらしいですね？」

そういう妻をどう思っているのか？——島田は訊かずにはいられなかった。

「ええ。真弓は今も優一のことを忘れられないでいますからね」

室井雅幸は拍子抜けするほど、あっさりと答えると、

「だから、優一のお父さんは、真弓にとっては今も義理のお父さんなんですよ。だけど、わたしは、それでいいと思っているんです。それでいいから結婚してくれって、わたしは真弓にプロポーズしたんです」

とさばさばした口調で言った。

島田は半ば呆れたが、一方で、それほど女の人に惚《ほ》れることができるこの室井雅幸という男は幸せな人なのかもしれないとも思う。

「最近だそうですね、結婚されたの」

「ええ。まだ半年も経っていません。真弓はわたしがずっと前から真弓に抱いていた気持ちを察していたと思うんですが、わたしはわたしで切りだすタイミングを見つけられずにいたんです。そうしていたら、優一の七回忌のときに、優一のお父さんから、真弓のことを頼むって言われたんです。それからしばらくして真弓にプロポーズしたんですが、返事をもらうまでに四年近くもかかりました」

島田は驚いた。真弓は死んだ優一を、室井雅幸は親友の恋人の真弓を一途に想いつづけていた。そして、ようやく室井雅幸と真弓の想いが交叉したとき、そもそもの悲劇の原因を作った井上悟が殺されたのだ。しかも、その容疑が真弓にかけられようとしている――。

島田は、何かを暗示しているかのような、十字架のクロスした部分に赤いルビーが埋め込まれたイヤリングの写真を、室井雅幸の前に差し出した。

「!?――」

室井雅幸は目を見開いた。

「殺された井上悟の遺体のそばに落ちていたものです。心当たりはありませんか？」

島田と青木は、室井雅幸を凝視した。

「――ありません……」

室井雅幸は顔を紙のように白くさせて言った。明らかに知っている顔だ。

「そうですか。では、奥さんの入院している病院を教えてください。お話を聞かなければなりません」

島田が静かだが、有無を言わせぬ言い方をすると、

「真弓は妊娠しているんです。四ヵ月で、今が大切なときなんです。医者が二、三日安静にしていれば大丈夫だと言っています。ですから、それまでは待ってやってください。お願いします、このとおりです」

室井雅幸は土下座せんばかりに頭を下げて訴えた。


三日後、室井真弓は任意同行に応じて新宿署にやってきた。

真弓はすらりと背が高く、目鼻立ちのはっきりしたバタ臭い顔の作りをしている美人だが、雰囲気がそうさせているのか、清楚な印象を与える女性だった。

そして、覚悟を決めているのか、堂々とベージュのハーフコートを着ていた。

捜査本部は、井上悟が殺された夜、現場のアパートから逃げるように去った三十代の女性を見たという目撃者のＯＬを取調室の隣の部屋に待機させていた。

「どうですか？」

島田がマジックミラー越しに見えている室井真弓を目で指して訊いた。

「よく似ています。たぶんあの人だと思います。コートも同じです」

目撃者のＯＬは、はっきりと口にした。

「そうですか。ありがとうございました。もうお帰りになって結構です」

制服警官に目で合図し、ＯＬを帰らせると、島田は青木と向き合っている室井真弓がいる取調室に向かった。

「室井真弓さん、で間違いありませんね？」

青木と席を代わり、真弓の正面に座った島田が訊いた。

「はい――」

真弓は顔色を蒼白にさせているが、はっきりと答えた。

「十二月五日の午後十一時過ぎから翌日の午前一時まで、あなたがどこで何をしていたか、教えていただけますか？」

しかし、真弓は口を真一文字に結んで答えようとはしなかった。

「その夜は、十年前、あなたの恋人だった高田優一さんをバイクで轢き逃げした井上悟が何者かに、部屋にあった灰皿で頭を殴られて殺された日です――」

真弓の顔に変化は見られない。

「もう一度お訊きします。その夜、あなたはどこで何をしていましたか?」

真弓は何も答えようとはしなかった。完全黙秘を貫くつもりのようだ。

島田は構わずつづけた。

「その夜、井上悟のアパートから逃げるように走り去っていくベージュのハーフコートを着た三十代の女性を見たという人に、さっき、あなたかどうかを確認してもらいました。その人は、あなたによく似ている。たぶんあなただと思うと証言してくれました。あなたは、十二月五日の夜、井上悟の部屋に行きましたね?」

「………」

真弓は口を閉じたまま、目をつむった。その顔は、わずかに苦しそうに歪《ゆが》んでいる。

(やはり、行っている。そのときのことを思い出しているのだ……)

だが、井上悟の部屋からは真弓の指紋は検出されていない。室内から井上悟以外の指紋は三種類採取されていたが、ひとつは井上の愛人である田代美奈子のもの、あとのふたつは男友達のもので、三人ともアリバイが成立している。

「では、これを見てください」

島田はビニール袋に入った十字架のイヤリングを、真弓の前に差し出した。

それを見た真弓は、見るのを拒否するかのように顔をそむけた。

「井上悟の遺体のそばに落ちていたものです。あなたのものではないですか？」

答えるはずがないと思いながらも、島田は訊かざるを得ない。今のところ、状況証拠しかないのだ。あとは自供に持ち込むしかない。

「これについても黙秘ですか。いいでしょう。しかし、わたしたちは、このイヤリングがどこで造られたものか特定することができました。御徒町《おかちまち》にあるジュエリー鷹野《たかの》という宝石店でした」

真弓はかすかに落ち着きをなくしはじめた。

島田はつづけた。

「依頼したのは、あなたの恋人だった高田優一さんです。十年前、店を訪れた優一さんは、お店の人にこう言ったそうです。これは結婚を約束している恋人にプレゼントするものだ。自分は博士号を取るためにアメリカの大学院に行かなければならないけれど、帰国したら正式に結婚を申し込むつもりだ。この十字架は、彼女を絶対に幸せにするという誓いを込めてデザインしたものなんだと――」

真弓は、小さく肩を震わせながら嗚咽《おえつ》を漏らしはじめたが、決して口を開こうとはしなかった。

室井真弓には動機がある。状況証拠も充分で限りなくクロに近く、逮捕状を請求するべきだという声が捜査本部には多かった。

しかし、島田は真弓が妊娠四ヵ月という不安定期でもあり、また逃亡するおそれもないとして一旦自宅に帰し、明日また取調べを行うことにした。

そして翌日も新宿署にやってきた真弓を取調べたが、島田には昨日よりも強固な意志を持って完全黙秘を貫こうとしているように見えた。

「島田さん、あの頑《かたく》なさはどこからくるんですかね？」

新宿署の食堂で昼飯のそばを啜っている島田に青木が疲れた表情で言った。

「何か大切なものを必死になって守っている――そんな感じがするな」

「大切なもの？」

「それがなんなのか、わたしにもわからんが、あの意志の強さは尋常じゃない」

「しかし、このままだと彼女を逮捕して地検に送検したとしても公判維持が難しいとして、検事は起訴を見送るんじゃないですか？」

「おそらくそうなるな――ま、今日いっぱい様子を見て、逮捕状を請求すべきかどうか判断するしかないだろう」

するとで青木が、

「あ、島田さん、明日は十二月十二日、高田優一の十回目の命日ですね」

と言った。

その言葉を聞いたとき、島田の脳裏に何かが走った。

「！――青木くん、それだ！」

「え？　それってどういうことですか？」

首をかしげている青木に、

「いや、まだわからん。しかし、もしかすると、わたしたちはとんでもない見当違いをしていたのかもしれん」

と島田は唸《うな》るように言った。


十二月十二日――高田優一の十回目の命日となるその日は、朝から曇り空で底冷えのする陽気だった。

午前九時、高田優太郎は世田谷区経堂の駅から徒歩三分という距離にある福昌寺《ふくしょうじ》にやってきた。

そして、高田家代々之墓と刻まれた墓の前に来ると、持ってきた赤い薔薇の花を供えて墓に水をかけ、線香を点《とも》して手を合わせた。

「わたしも拝ませてもらっても、いいですか？」

高田優太郎が拝み終えたのを見計らって、島田が声をかけた。

「ええ、構いませんが……」

島田の姿を見た高田優太郎は、虚を衝かれたように戸惑った顔をしている。

島田は墓の前で手を合わせ終えると、

「昨日の夜になって、ようやく真弓さんがすべて話してくれました」

と立ち上がりながら、墓に目をやったまま言った。

「あの夜――つまり、十二月五日の夜、真弓さんは、井上悟の部屋に行った。しかし、復讐のためなんかじゃない。いや、復讐を止めさせるために行ったんです。あなたのね……」

高田優太郎が井上悟に復讐しようとしていることを室井真弓が知ったのは、二週間ほど前、いつものように夕飯の支度をしに高田優太郎の家に行ったときのことだったという。

その日の夕方も、優太郎は出かけていて留守だった。以前はそんなことは滅多になかったのだが、最近になって優太郎はよく出かけるようになっていた。

真弓は預かっている合鍵で玄関を開け、部屋が散らかっていたので夕飯の支度の前に掃除をはじめた。

そしてテーブルの下を片づけようとしたときだ。谷原《やはら》探偵事務所と印刷された大きめの封筒から、井上悟に関する報告書が落ちたのだ。

真弓は驚いた。その一週間前、高田優太郎と真弓は、偶然、井上悟とばったり会っていたからである。

それは、高田優太郎が体調不良を訴え、近くの医院に行ったところ、大きな病院で精密検査を受けたほうがいいと言われて、新宿の東京医科大学病院に紹介状を書いてもらい、受診しに行くことになったときのことだ。

病院からの帰り、タクシー乗り場で順番待ちしていた高田優太郎と真弓が、ようやく乗車しようとすると男に割り込まれた。優太郎がそれを注意すると、その男は優太郎の胸ぐらを摑み上げたのである。

そのとき、優太郎と真弓は茫然とした。男の乱暴さにではない。その男こそ、十年前に優太郎の息子、優一をバイクで撥《は》ね飛ばし、その場から逃げ去った井上悟だったのだ。

しかも、井上悟は高田優太郎のことも真弓のこともすっかり忘れていたのだ。

『許せないッ。あいつは優一を殺しておいて、たった六年で社会に出てきて、のうのうと生きている……学者になって世の中の人のためになる研究をするんだと張り切っていた優一が死んで、どうしてあんなクズがでかい顔をして生きていられるんだッ。殺してやる、わたしがあいつを殺してやるッ……』

その夜、家に帰った優太郎は優一を失って以来断っていた酒をあおるように飲んで、何度も腹の底から絞り出すような声で呻《うめ》いた。

そして、探偵事務所に頼んで井上悟の住まいと働き先を探させていることを知った真弓は、優太郎が本気で井上悟に復讐しようとしていることを確信したのだった。

「このままでは、あなたは殺人犯になってしまう。なんとか止めさせなければ、と真弓さんは思ったそうです。それであの日の夜、井上悟のアパートに行き、井上に優一さんの墓前で優一さんとあなたに謝罪するように頼もうと思った。ところが──」

井上悟は訪ねてきた真弓を愛想よく部屋に招き入れた。しかし真弓は、あまりにも無防備だった。井上は部屋に入れるや、暴行しようと真弓に襲いかかってきたのだ。

真弓は、もちろん必死になって激しく抵抗した。そして、無我夢中で抵抗しているうちに、井上悟が動かなくなった。

我に返って見ると、真弓は部屋にあった厚いガラスでできた灰皿を右手に握り、井上悟は頭から血を流して倒れていた。

殺した——そう思った真弓は、急に怖くなり、とにかくその場から逃げた。

「井上悟のアパートから逃げて行く真弓さんは、目撃されてしまった。残業で会社からの帰りが遅くなった女性と、もうひとり高田優太郎さん、あなたにです——」

高田優太郎はなんとしても優一の十回目の命日までに復讐を遂げ、墓前に報告したかったのだ。

そしてその夜、チャンスをうかがっていた優太郎が井上悟のアパートに行くと、真弓が部屋に入っていくところを見た。

いったいどういうことだと部屋に近づいていくと、抵抗する真弓の声が聞こえ、ドアを少し開けて見ると、無我夢中で灰皿を井上悟の頭に打ち付けていた真弓の姿を目撃した。

真弓が逃げ去ったあと、優太郎は部屋に入ってみた。ところが、井上悟は気を失っていただけで生きていたのだ。

『誰だぁ、おまえ？……』

意識を取り戻したばかりで、朦朧《もうろう》としか見えない優太郎を見て井上悟は言った。

だが、その言葉を聞いて優太郎は強く思った。

（やっぱり忘れているッ……そのうえ、このクズは妊娠している真弓に暴行をしようとしたッ……殺すッ、今度こそ、このわたしが殺してやるッ！）

優太郎は、落ちていた血のついた灰皿を手に取ると、井上悟の血を流している場所めがけて打ち付けた。何度も何度も――。

「あの日の夜は冷え込んでいました。しかし、あなたは手袋をはめたまま凶行に及んだ。だから、指紋はついていなかった。しかし、あなたは矛盾に満ちた行動を取っている。灰皿やドアノブについている真弓さんの指紋を手袋をつけた手で拭き取る一方、あなたはどうして真弓さんがかつてしていた、優一さんからプレゼントされた十字架のイヤリングをわざわざ片方だけ現場に落としたんです？」

優一からプレゼントされた十字架のイヤリングを真弓はお守りだと思って、いつでもつけていた。

しかし、室井雅幸と結婚することを決意したとき、真弓はあのイヤリングを、もらったときと同じくらいにきれいな状態にして優太郎に返したのである。

だから、あの十字架のイヤリングには真弓の指紋も、ましてや手袋をしていた優太郎の指紋も付着していなかったのだ。

「わたしもわからない……なぜ、あんなことを自分がしたのか――」

無言だった優太郎が、かすれた声を出して言った。

「わからない？」

島田が訊き返すと、優太郎は自嘲の笑みをうっすらと浮かべて頭を振った。

「いや、あのとき、頭ではわかっていたんだ。そんなことをやってはいけないと――だが、やってしまった……たぶん、悔しかったんだ。寂しかったんだ。真弓が優一からもわたしからも離れていくことが――」

島田の横に並び、墓を見つめている優太郎は両手を固く握りしめて言った。

「しかし、室井雅幸さんに真弓さんを頼むと言ったのは、あなたじゃなかったんですか？」

島田が訊くと、優太郎は曇り空を見上げ、

「そうです。わたしがそう言いました。まだ若い真弓のことを思うと、そうしたほうがいいと頭ではわかっていましたからね。しかし、しかしね――なんて言ったらわかってもらえるのか……本当にそうなったらなったで、無性にね、こう悔しい気持ちと恨めしい気持ちがごっちゃになって渦巻いてきて、抑えがきかなくなった……」

おそらく高田優太郎は、いつしか自分でも気がつかないうちに、あの棘《とげ》のない薔薇のように美しい木下真弓をひとりの女性として愛するようになっていたのかもしれない。

「だから、ちょっと意地悪をしたくなった。もちろん、優一の命日に報告をしたら、殺ったのは真弓じゃない、自分だと名乗り出るつもりでいた。しかし、それまでの間、優一を殺した憎き井上悟に復讐した共犯者でいたかった——ねえ、刑事さん?」

優太郎は穏やかな表情になっていた。

「なんでしょう?」

「愛する者を失った人間は、しばらくの間は思い出が強すぎて悲しむでしょ?」

「ええ——」

そのとおりだ。自分も美也子との数は少ないが、いくつかある思い出が未だに強く思い出されてたまらなくなるときがある。

「しかしね、本当の悲しみはそれが過ぎたときからなんですよ」

「——どういうことですか?」

「あれだけ思い出していたことを、少しずつ忘れていっていることに、自分で気がついたときです。いや、自分だけじゃない。周りにいる人間たち、ひとり、またひとりと優一のことを忘れていく……そこから本当の悲しみがはじまるんです」

優太郎の言葉が胸に沁《し》みた。

「少しだけわかるような気がします。わたしも妻を病気で亡くしましたから——まだ一年しか経っていませんが、家から匂いが、妻の匂いが少しずつ薄くなっていってる気がするんです」

「ええ、わかります、ええ――」

高田優太郎もまた亡くなった妻のことを思い出しているのだろう。力なく、しかし、なんども頷いている。

「このまま、あいつの匂いが消えてなくなったら、もうあいつのことを思い出さなくなるんじゃないかと思うと、自分のことがイヤになります」

「人間は弱い。たまらなく弱い……」

島田はうなだれている高田優太郎に、

「ええ。しかし、人間は弱いからこそ強くあろうとするんじゃないでしょうか？」

と言った。

「そうかもしれない。だが、わたしはもうがんばろうとする気力がない。支えになるものがない……」

高田優太郎は力なくほほ笑んだ。

そんな高田優太郎に島田は言った。

「今日、わたしがここへきたのは真弓さんに言われたからです。お義父さんを死なせないでくださいって、泣きながら頼まれたんです」

「え？」

高田優太郎は驚いた顔で島田を見つめた。

真弓は勘づいていたのだ。あの十字架のイヤリングが、井上悟の部屋に落ちていたと知ったときから、優太郎があとであの部屋に入り、さらに殴りつけたということを――。

そして、警察の目を真弓に向けさせて時間を稼ぎ、優一の十回目の命日に報告を終えたら、遺書を残して自らの命を絶つ気でいることを――。

「彼女、こうも言ってました――お腹にいる子が男でも女でも、名前を『優』とつけるつもりだと。お義父さんがいて優一さんがいてくれたから、生まれてきてくれる子なんだからと」

「真弓が――そんなことを……」

「もちろん、夫である室井雅幸さんと相談したうえで決めたことだそうです」

島田がそう言うと、高田優太郎はがくんと地面にひざをつき、墓を抱くようにして嗚咽をもらしはじめた。

（人は、うれしいことも悲しいことも記憶こそ消えないが、実感は薄れてしまう。だが、だから人は生きていけるのだ。いつまでも辛く悲しい思いをひきずったままでは、人はとても生きてはいけないのだから……)

高田優太郎が自ら出頭すれば、情状酌量の余地があると認められ、おそらく実刑は免れるだろう。

島田は頭に冷たいものが落ちてきたのに気づいて、空を見上げた。

初雪だった。曇った空からちらちらと舞い降りる初雪は、高田優太郎の悲しみを薄めさせようとするかのように、その日一日止むことなく降り注ぎつづけていた——。

第三章　普通失踪

新宿署の元刑事、大橋《おおはし》と会うのは半年ぶりくらいになるだろうか。

師走《しわす》も半ばを過ぎたその夜、島田は大橋の馴染みの店、新宿三丁目の居酒屋「魚《うお》安《やす》」に呼び出され、奥の小座敷で大橋と向き合っていた。

「島田さん、あんたが野村健一を見つけ出した話は、あの事件に関わった者たちの間で持ち切りだよ」

大橋が島田にビールを注ぎながら言った。

「はあ――」

島田が大橋の誘いに喜んで来ているわけではもちろんない。

二年前に警察を定年退官した大橋は現在、「帝都《ていと》リサーチサービス」という会社に再就職している。生命保険会社が手に負えないトラブルを処理する会社で、島田はこれまでも何度か力を貸してほしいと無理な頼み事をされている。

今夜もまた厄介な頼み事をするために呼び出したに違いない。

それがわかっていながら誘いを断ることができないのは、大橋が沢木殺害事件の捜査に加わっていたひとりだったからに他ならない。

「大橋さん、すみませんが、今夜もあまりゆっくりできません。用件を手短にお願いします」

島田はビールをひと口飲んだだけでテーブルに置いたまま、並んでいる肴《さかな》にも手をつける気配を見せずに言った。

とたんに、大橋はおもしろくなさそうに顔をしかめると、

「あんたが、わたしからの呼び出しをうっとうしいと思っているのは百も承知だよ。わたしだって、好きでやっているんじゃない。できることなら、昔のツテを頼るなんてことはしたくないさ。しかし、それでもそうせざるを得ない、わたしの立場も少しはわかってくれんかね」

といつもの泣き落としをはじめた。

警視庁には定年退官者に再就職先を斡旋《あっせん》する人材情報センターという部署がある。

定年退官を迎えるほとんどの者はそこを活用して、交通安全協会や駐禁取締り委託会社、警備会社、パチンコ業界などなど、警察と関わりがある多岐にわたる団体や民間会社へ再就職し、年金受給できる六十五歳まで働くのが一般的だ。

世間から批判の多い天下りと言われればそれまでだが、自分たちは他の公務員とは

違って、これまで命を張って職務を果たしてきたという強い自負が警察官にはある。余生を過ごせるまでの五年間くらい多少楽をして金を得て何が悪いと、世間の天下り批判など意に介していないのが実情だ。

『わたしの立場も少しはわかってくれんかね』——大橋のその言葉の意味は、再就職先は元警察官だから引き受けたのだ、OBとして警察関係者に便宜を図ってもらうのは当然であり、そのうちあんたもそうなるんだからという含みもある。

(だが生憎《あいにく》、おれはあなたと同じ道を歩むつもりはない……)

そう心の中でつぶやきながら島田は、

「大橋さんの立場は、わたしなりに理解しているつもりです。しかし、いくらOBの頼みでもできることとできないことがあります。それはわかっていただけますよね」

と言った。

「ああ。あんたが情に流されない人だってことは、わかってるさ。しかし、できるできないは話を聞いたあとで考えてくれたっていいだろ?」

「ええ。ですから、そのお話というのを聞かせてください」

大橋は一瞬、ほっとした顔になったが、すぐに真顔になって話しはじめた。

「三週間近く前になるんだが、岩手県の花巻《はなまき》市と遠野《とおの》市を結ぶ県道が集中豪雨にあって土砂崩れを起こして寸断される事故があったの、知っているかい?」

大橋は島田の様子をうかがうように見ている。

「ええ、ちらっとニュースで——」

「まあ、そうだろうなあ。なにしろローカルの小さなニュースだからね。しかし、問題はその後なんだ。その県道の復旧作業中、白骨化した死体が発見されたんだ」

死後どれくらい経過しているのか、すぐにはわからないほど古いものだったが、白骨死体の衣服から財布が見つかり、運転免許証が入っていた。

そこからその白骨死体の身元は、七年前に失踪届けが出されていた山口信夫《やまぐちのぶお》という当時三十歳の杉並《すぎなみ》区荻窪《おぎくぼ》に住んでいた男だということがわかった。

直接の死因は詳しくはわからないが、頭蓋骨の左側頭部に陥没した痕《あと》があり、何かが強く当たったか殴られたかして死んだ可能性が高いという。

「その男に保険金が掛けられていたということですか?」

大橋の用件がようやく見えてきた。

「ああ、しかも一億円の生命保険だ」

「一億!?」

さすがに驚いた。

「しかし、ちょっと待ってください。今そういう話をするということは、失踪中もずっとその一億円の生保の掛け金が払いつづけられていたということですか？」

「そのとおりだ。失踪してから七年間にもわたって、月々三万数千円もする掛け金を、その男の妻が支払いつづけていたんだ。おかしいだろ？」

大橋は忌々《いまいま》しそうに言った。

「おかしいとばかりも言えないんじゃないですか？　いつか帰ってくると信じて掛け金を払いつづけていたとも考えられます」

すると、大橋はチッと小さく舌打ちをして、

「荻窪の場末のスナックで働くホステスが、月々三万数千円もの金を払いつづけるかね？　わたしは実際、その山口信夫の妻だという美恵《みえ》って女に会ってきたんだが、そんな健気《けなげ》な女とはほど遠い感じの女だった」

と言った。

「大橋さん、いったい何が言いたいんですか？」

島田は眉を寄せて訊いた。

すると大橋は、ぐいっと顔を近づけて、

「ちょうど七年だ。その山口信夫って旦那が失踪してからさ——妙なタイミングで発

見されたもんだと思わないかい？」

と言った。

意味を測りかねていた島田だったが、ようやく思い当たった。

「――普通失踪……」

島田がつぶやくように言うと、大橋はゆっくりと頷いた。

民法でいうところの失踪宣告には『普通失踪』と『特別失踪』の二種類がある。

特別失踪とは、戦地に臨んだ者、沈没した船舶の中に在った者やその他死亡の原因になるべき危難に遭った者で、一年間消息がない場合、死亡とみなされる。

一方、普通失踪は家庭裁判所に失踪届けが提出されてから七年間、親族と消息が取れなくなった場合に死亡とみなされるというものである。

「その山口信夫の普通失踪は、すでに認められているんですか？」

島田が訊くと、

「いや、あと五日で丸七年だ。そんなときに、土砂崩れで旦那の死体が発見された。しかも、殺された可能性を示す痕を残した白骨死体だ――」

島田は思わずビールの入っているコップを手に取って、一気に飲み干した。

大橋は島田にビールを注いでやりながら、

「わたしは、その旦那が訴えているような気がしてならないんだ。おれを殺したやつを見つけてくれってね」

と言った。

「しかし、岩手県警が動いているでしょう」

「だったら、あんたにこうして無理を言って会ってもらっちゃいないよ」

大橋は悔しそうにビールを一気に飲み干した。

「動いてないっていうんですか?」

今度は島田が大橋にビールを注いでやりながら訊いた。

「わたしは、もうサツカンじゃないんだ。まして岩手県警——所轄は花巻署だが、どういう動きをしているかまではわかるわけがない。しかし、花巻署の刑事たちが山口信夫の女房の美恵と接触したのは、身元確認のときと事情を訊きにきたとき、その二度だけだ」

「それっきりですか?」

「ああ。おそらくさっきあんたが言ったように、失踪した夫の帰りを待ちつづけ、生きていることを信じて生命保険の掛け金を支払いつづけている健気な女——そう思わせたんだろうよ。だが、あの美恵って女は、そんなタマじゃない」

よほど印象がよくなかったのか、大橋は吐き捨てるように言い切った。

「つまり、大橋さんが言いたいことはこういうことですか？——その山口信夫の妻である美恵という女が旦那の山口信夫を殺して失踪届けを出した。そして、保険の掛け金を支払いつづけたのは、周囲や警察の目を欺《あざむ》くためだったと？」

「ああ。七年間の保険料の掛け金は、総額三百万円に欠ける程度だ。がんばって払いつづければ一億円という大金が入る。こんないい投資はない。しかもだ。旦那にそんな高額な生命保険をかけておいて、女房の美恵には掛け捨て程度の安い入院保険しか入っている形跡がないんだよ。それだけみても、あやしいと思うだろ？」

たしかに大橋の話は一理ある。あり得ない話ではないかもしれない。

「大橋さん、今の話、花巻署の人間たちにもしたんですよね？」

「もちろんだ。電話で食い下がったが、けんもほろろだったよ。でなきゃ、こうしてあんたに頼むと思うかい？」

大橋は訴えるような目をしている。

けんもほろろだったというのは、大橋の大げさな表現だろう。事故と事件の両方から捜査しているのだろうが、事故の可能性のほうが高いと判断しているのではないか？

それとも所轄の花巻署は、妻の美恵以外に疑わしい人間がいることを遺留品から見つけているということかもしれない。

しかし、いずれにしろ警視庁が、断りもなしに岩手県警が扱っている事件に手を出すわけにはいかない。

そんな島田の心中を察した大橋は、

「無理は承知だ。保険会社もその美恵って女房に一億円を支払うことに、特にためっているわけじゃない。ウチの会社に話が持ち込まれてきたのは、念のために調査してくれというだけのことだ。しかし、わたしはどうも納得がいかなくてね」

と思い詰めた顔をして言った。

「大橋さん、何かあったんですか?」

どことなく、今夜の大橋は島田の知っている男と違うような気がしたのだ。

「?――わたしがどうかしたかい?」

「いえ、何もないのならそれでいいんですが――」

島田がそう言うと、大橋はふっと小さな笑みを浮かべた。

「まったくあんたには、かなわないな」

「?――」

島田は訝しそうに大橋を見た。

「実は、肩たたきされているんだよ、この厳しいご時世だからね。しかし、まだ今の会社を辞めるわけにはいかない。前にも言ったと思うが、一番下の娘が大学生で、金がかかるんだ——だから、面の皮を厚くして、上司の嫌味にも知らん顔しているんだが、ときどきそんな自分が情けなくなるときがあってね」

嘘を言っているようには見えなかった。同情を誘うような辛《つら》そうな表情ではなく、むしろ胸の中にあるものを吐き出したことで、さばさばしているようにさえ見え、それが却《かえ》って本当のことを言っていると思わせた。

「二日前にも年の若い上司に言われてね。ここらで大きく点数稼いでくれないと、あなたの机とイスがなくなりますよだとさ——とんでもない悪党どもと渡り合ってきた元刑事のわたしが、あんな青っちょろい若いもんに脅《おど》されるとはね……情けないもんだよ、まったく」

大橋はビールから焼酎のお湯割りに変え、その酒を苦そうな顔をして飲み込んだ。

警察官は退官するときが近づくと、それまでと人が変わる者が多い。口うるさかった者が急に物静かになったり、涙もろくなる者。逆に無口だった者が、ちょっとしたことで、子供のようにはしゃいだりするようになったりする。

高卒ならば四十年以上にもわたって社会を監視し、社会から監視されてきたという重圧からの解放は、同時に現役の者からは想像できない虚脱感に襲われるのだろう。だいたいの場合はそんなことは一過性のもので、再就職先で新しい空気を吸っているうちに、またそれなりのやりがいを感じるようになるのだろうが、大橋のように肩たたきなんぞされると、せっかく薄れていた虚脱感が大波となって押し寄せてくるのかもしれない。

「どこまでできるかわかりませんが、やってみます」

島田が言った。

すると大橋は、

「あんた、今なんて言ったんだい？」

と焼酎を注ぐ手を止めて顔を向けた。

「ちょっと電話させてください」

島田は大橋の問いに答えずに、上着の内ポケットから携帯電話を取り出してかけた。

二回コールで相手は出た。係長の古賀だ。九時を回ったばかりで、在庁していた。

「島田だ。今、どこにいる？」

『まだ会社ですが、ちょうど今、帰り仕度をはじめたところです。何か？』

古賀の人の良さそうな、のんびりした声が返ってきた。

「すまんが、これから会えないか。相談したいことができた」

『そうですか。いや、わたしも島さんと、いろいろと話したいことがありましたから構いませんよ』

「じゃ悪いが、これから言う店に来てくれないか――」

島田は、今いる「魚安」の場所を伝え、携帯電話を切った。

「係長の古賀が、小一時間もすればここに来ます。しばらく捜査から外してくれるように頼んでみます」

「本当にやってくれるのか？」

大橋は、まだ信じられないという顔をしている。

「もし、上司の古賀が許可してくれなければ、有給休暇を取ります」

おそらく、そんなことをしなくても大丈夫だろう。しかし、もし駄目だったら、島田は本当に休暇を取るつもりでいる。

「同情してくれたのかい？」

大橋は自嘲の笑みを浮かべ、焼酎をちびちび飲んでいる。

「さっき、わたしのことを情に流されない男だと言ったじゃないですか」

「じゃあ、どうしてやってくれる気になったんだ？」

大橋が上目遣いで訊いた。

「その旦那が訴えているような気がしてならない。おれを殺したやつを見つけてくれってね——大橋さん、さっき、わたしにそう言いました」

「ああ……」

大橋は、それがどうした？　という顔をしている。

「そう言ったときの大橋さん、刑事の顔をしていました。その美恵って妻が、旦那を殺した犯人かどうかはともかく、なんらかの形で関わっている。わたしも、そんな気がしてきたんです」

大橋は、どう返事をしていいかわからないという顔をしている。

大橋はただ、今の会社に残りたいためだけで調査したわけではないだろう。犯罪の匂いを嗅《か》ぎつけたのだ。言ってみれば、刑事としての本能のようなものが働いたのだ。

いつもの島田なら、そんなことでこんな面倒な話には乗らなかったかもしれない。

おそらく、最近になって赤坂署の蔵元署長や新宿署の外山署長と久しぶりに会ったせいもあっただろうと思う。

　あのふたりは刑事だったころのことなどすっかり忘れ、今の立場を守ることやこれからどうやってうまく生きていこうということばかり考えている気がしてならなかった。

　大橋にしても、大部分はそうかもしれない。しかし、大橋には刑事魂とでもいうべきものが残り火のように消えていない――島田はそう感じたのだ。

「岩手県警と事を荒立てる気などさらさらない。向こうにはバレないように動く。万一、山口信夫を殺した犯人が妻の美恵だったということが判明したとしても、向こうさんに花を持たせるようにもっていくつもりだ。しかし、それでもおれがやろうとしていることは、やはり無理な相談か？」

　携帯電話で連絡をとってから四十分ほどして「魚安」にやってきた古賀に、島田は大橋から頼まれた事の次第を話した。大橋は、さっきまでの会計を済ませてすでに帰っている。

「わたしがやめてくださいといっても、島さんのことです。有休を取ってでもやるつもりでしょ？」

丸々と太った体に人懐こい笑顔を見せて、古賀が言った。

「手の内はお見通しか――」

島田は苦笑した。古賀は上司だが、島田より四歳年下で、かつては島田の部下だったこともあって島田に対しては殊更丁寧な言葉遣いをする。

「島さんの思うようにやってください。ただ、お願いがひとつあります」

古賀は焼酎のお湯割りをテーブルに置いて島田の目を見て言った。

「なんだ?」

「いつものように青木も付き合わせてください」

「青木を? そりゃ、できん。ただでさえ人が足りないうえに、万一岩手県警と何かあったら、彼の経歴に傷がつく。そんなことをさせるわけにはいかんよ」

「青木は、島さんの力になりたがっているんですよ」

「今度のケースで、彼に頼みたいことが出てくることはほとんどないさ」

しかし、古賀は珍しく引き下がろうとはしなかった。

「そうでしょうか? 前に言ったと思いますが、彼には我々の手が届かない警察のお偉方の親戚が何人もいるんです。そんなことにはならないと思いますが、万一岩手県警と何かあっても、青木を嚙《か》ませておけば穏便《おんびん》に済ますことができます」

いのだ。

「古賀、おまえ――」

島田は驚いた。島田の知っている古賀は、そんなことを思いつくような策士ではな

するとと古賀は邪気のない笑顔で、

「青木と以前、酒を飲んだときに彼が言ったんです。自分は島田さんの足手まといになってばかりだけど、一人前の刑事になれるまで、島田さんに徹底的に鍛えてもらいたい。その代わりと言ってはなんだけれど、何かあったときには自分を利用してほしいと――」

と言った。

(青木がそんなことを……)

しかし、そういう取引きめいたことは、島田はどうにも抵抗がある。

「島さん、わたしもそうしてもらったほうが助かるんですよ」

わかってくださいよ――古賀の人懐こい目が、そう言っていた。結局、そうすることが古賀の立場を守ることにもつながるのだ。古賀の提案を受けるしかない。

「わかった。そうさせてもらうよ」

「ありがとうございます」

古賀は破顔して言った。

「何を言ってるんだ。礼を言うのは、こっちのほうだ——ところで、そういえば、おれにいろいろと話したいことがあると言ってたが、なんだ？」

焼酎を勧めながら訊いた。

「ああ、いえね、ウチの長男坊のことなんですが——」

「孝之《たかゆき》くんが、どうかしたのか？」

島田は小さいときから知っている。

「ええ。今、大学三年なんですが、卒業したら警察官になるなんて言い出しましてね」

古賀は、しみじみとした口調で言った。その顔は、ほっとしたような、それでいて心配でもあるような微妙な表情をしている。

「そうか。おれには息子がいないからわからんが、父親の後を継ぐっていうのはうれしいもんなんだろ？」

警察官になる者は、身内に警察関係者がいる者が圧倒的に多い。そして、その父親が現職のうちに息子が警察官となれば、周囲の同僚たちからは憧憬の眼差しで見られるものなのだ。

「うれしいのが半分、弱ったなというのが半分というところですかね」

「そんなもんか――」

息子のいない島田には、ピンと来ない。

「昔と違って、警察はいまや正義を守る聖職とは見られなくなっていますからね。都道府県警のあちこちで不正や不祥事が相次いでいますから無理もないんですが、原因は警察組織の硬直化というか劣化です。そんな組織に入ることが、孝之にとって本当にいいことなのかどうか……」

「なるほどな……」

古賀が言わんとしていることは、島田にも痛いほどわかる。

「だから、わたしは青木に本気で期待しているんです」

「期待？――どんな期待だ？」

「彼は同期の中でもトップレベルの成績で警察官になった上に毛並みがいい。遅かれ早かれ、警察官僚として大きく出世します。その青木が島さんを尊敬している。島さんに刑事たるものとはなんなのか仕込んでもらった青木なら、もしかすると警察組織を変えてくれる男になってくれるんじゃないかと期待しているんです」

「ま、そうなってくれるに越したことはないんだが、組織の壁は分厚いからな。そう簡単じゃないだろ――しかし、古賀、青木にあまりおれのことで買い被《かぶ》ったことを言わんでくれ」

島田はいつのころからなのか、それとも元々そういう性格なのか、他人に期待もしない代わりに自分に対しても冷めた目で見ているところがある。

「わたしは島さんがしてきたことをそのまま伝えているだけですよ。だいたい沢木先輩を殺した野村健一を二十五年もかけて追いつづけて、とうとう見つけ出すなんて、普通できることじゃありません」

あれは運が大きく手伝っていた――そう言ったところで、『運も実力のうち』と返答されるだけだ。島田は黙って焼酎のお湯割りに口をつけた。

「ところで、美也子さんのお父さん、入院しているそうですね。青木から聞きました」

唐突に古賀が言った。

(青木から？――ということは、古賀は瑠璃と青木が時々会っているということも知っているのか？……)

いくら古賀でも、そのことをすぐに訊き返すことができなかった。

「うん。大腸癌でな。本人は手術はしないと言っている。ま、歳も歳だから癌の進行も遅いだろうと医者は言っているんだが――」

「そうですか……」

古賀は声を落として焼酎をあおると、遠くを見るような眼差しになって、

「あれは、なんの席だったか忘れましたが、ずいぶん前に美也子さんのお父さんに一度お会いしたことがあるんですよ」

と言った。

「ほお、それは知らなかったな」

「そのとき、娘が島田さんみたいな人と結婚できてとても喜んでいるんだと、わたしに言ったのをよく覚えています」

(義父がそんなことを？――まあ、社交辞令だろうが……)

島田は反応せず、聞き流そうとしていると、

「青木、瑠璃ちゃんと時々会ってるそうじゃないですか」

と島田に顔を向けて言った。

やはり、古賀は瑠璃と青木のことを知っていたのだ。

「島さんも、美也子さんのお父さんと同じことを思う日が来るようになったりして、ね？」

と古賀は、いたずらっ子のような顔をして言った。

島田がなんて答えればいいのか言葉に窮していると、

「すみません、冗談です」

と古賀はペロッと舌を出して言った。

「冗談にもほどがあるぞ」

島田は、ついむっとした顔になった。

すると古賀は、

「あ、いや、ほら、今の若い者の付き合いって、よくわからないところがあるじゃないですか。わたしたちのときは、女の人と友達として付き合うなんて考えられなかったものですが、今はそういうのが当たり前みたいなところがあったりして――」

とやけに早口でまくしたてたので、

「別にいいさ」

と、とりなすように言った。

島田が、むっとした顔になったのは、古賀にからかわれたと思ったからではない。

青木と瑠璃では不釣り合いだと思っているだけなのだ。

「青木も瑠璃もまだ若いんだ。そのうち、お互いがそれぞれいい相手を見つけるだろ。それに孝之くんのことにしても心配はいらんさ。おれたちもそうだったように、警察官になったらなったで、孝之くんなりに組織とは折り合いをつけてやっていくよ」

問題を抱えていない組織などないし、ましてや自分の思うようになどいくはずがないのだ。誰もがどこかの時点で、そんな組織の中でどうやっていくか折り合いをつけなければならないときがやってくるのだ。

島田の場合、それが沢木の死だった。島田は捜査現場に居つづけ、沢木殺しの真犯人を探すという形で、組織と折り合いをつけたのだ。

「そうですね。しかし、親ってのは、いつまでも子供のことを心配するものなんですねえ」

「おれたちの親もそうだったんだろうし、そういうのは順繰りだろう。しかし、おまえとこんな話をするようになるなんて、お互い歳を感じてしまうな」

「まったくですね」

「古賀、おまえは警察を定年退官したらどうするつもりだ？」

不意に大橋のことが頭に浮かんだ。

「どうするって、おそらく再就職するんじゃないですかね。どうしてですか？」

古賀でさえ、再就職することは当然のこととしてまったく抵抗はないのだ。

「おれはまったく見知らぬ土地で暮らしたいと思ってる」

「?――どうしてまた?」

古賀は驚きを隠せないでいる。

「よく言うだろ? 孤独は山の中にあるのではない。人と人との間にある。またどこかの組織に属して、折り合いをつけていく自信は、おれにはない」

「はあ……」

古賀は、よくわからないという顔をしている。

「ま、いざ、定年を迎えるようになったら、考えも変わるかもしれんが――」

「そうですか……」

島田と古賀は、それきり口を閉ざして酒を酌み交わした。


さっそく翌朝、島田は青木を伴って山口美恵が住む杉並区荻窪のアパートに向かった。

「いませんね」

何度かドアをノックして青木が言った。

島田が腕時計を見ると、十時を回っている。

「昼間も働きに出ているのかな……」

やむなく、ふたりはアパートからほど近い山口美恵の勤め先のスナックに足を運んでみることにした。

そのスナック「尚《なお》」は、昼間は喫茶店で夜になると酒を出す店で、荻窪南口仲町《なかまち》商店街にある。

商店街に入ると、曇天で気温の低い日ではあったが師走ということもあるのだろう、買い物客が多く出ていた。

「ここだけ、時間が止まったような店ですね」

スナック「尚」を見つけると、青木が言った。

たしかに昭和を感じさせるたたずまいの店構えだった。とても流行《はや》っているとは思えない。大橋が場末のスナックと言ったのもうなずける。

「昔は、こんな店があちこちにあったもんだが――」

島田は言いながら、すりガラスがはめ込まれている木枠のドアについている丸い大きな取っ手を引いて、店内に入っていった。

「いらっしゃいませ」

客のいない店内のカウンターの中にいたママらしき初老といったほうがいい女が、あわてて吸っていたタバコを消して言った。

厚化粧した顔に赤の原色の衣服、店内の雰囲気といい、まるで古い映画を見ているような錯覚に陥るほど懐かしい風景が広がっている。

「こちらで、山口美恵さんという女性が働いていると聞いてうかがったのですが？」

ママらしき女は一瞬にして不機嫌な顔になったが、島田が胸の内ポケットから警察手帳を取り出して見せると、今度は強張《こわば》った笑顔になった。

「ええ、そうですけど……」

酒焼けだろう、ずいぶんとしゃがれた声だ。

「さきほどアパートに行ってみたんですが、留守だったものですから――」

青木も警察手帳を見せながら言った。

「スーパーにパートに行ってるんですよ――もしかして、死体で発見された旦那さんのことで何か？」

ママの様子からすると花巻署の刑事たちは、ここには来ていないようだ。

「山口信夫さんは七年前に失踪したそうですが、そのときも美恵さんはこちらで働いていたそうですね？」

島田は、ママの質問には答えずに訊いた。大橋から得ていた情報だ。

「ええ、そうですよ。あのときは、大騒ぎだったわよ」

「どう大騒ぎだったんですか？」

青木が訊いた。

「どうって——突然、いなくなっちゃったんだもの。そりゃ大騒ぎになりますよ」

「わたしたちは、山口信夫さんの失踪を事故と事件の両方から見ています」

島田が言うとママは驚き、

「両方って——ことは、事件に巻き込まれたかもしれないってことですか？」

と言った。

他殺の可能性があることを花巻署は公式には発表していない。

「あくまで、その可能性もなくはないということですが——ところで失踪当時、美恵さんは、その原因を何か言っていましたか？」

「いいえ。何がなんだか、さっぱりわからないって——」

七年前のある夜、店を終えて部屋に帰ると、いつもはとっくに帰っているはずの山口信夫はおらず、そのまま戻ってこなくなったのだと、美恵は話したという。

「そもそもふたりが知り合ったきっかけは、なんだったんでしょう？」

島田が訊くと、

「それがさぁ、旦那がやってる店の帰り道に、美恵ちゃんが声をかけてウチに連れてきたのよ。一目惚《ぼ》れって美恵ちゃんは言ってたけど、どうなのかしらねぇ……」

とママは意味ありげに言った。

「そんなんじゃないということですか？」

青木が突っ込むと、

「だって、ウチに来る客の中にだって、もっといい男たくさんいたもの。死んじゃった人をこう言っちゃなんだけど、あたしから見たら、あの旦那のどこがいいのか、さっぱりわからないわねえ」

とママは言った。

姉とふたりで下北沢《しもきたざわ》で古着屋をやっていた山口信夫と美恵は同い年で、知り合ってから半年ほどで結婚。それから二年後にぷつりと旦那の山口信夫が姿を消したのだ。いったい何があったというのだろう。

「しかし、美恵さんは、旦那の山口信夫さんを相当愛していたようですね？」

島田が訊くとママは、

「あはは。あの子が未だに独身なのは、ただモテないだけですよ。歳も歳ですしね」

と笑って言った。

「そういう意味で言ったのではありません。失踪してからこの七年間、一億円もの生命保険の掛け金を支払いつづけていたんです。いつかきっと帰ってくると信じていなければ、そんなことはできないでしょう？」

島田がカマをかけるように言うと、

「一億円!?　刑事さん、それ本当ですか？」

ママは目を剝いた。

「ええ。近いうちに美恵さんに支払われることになっています」

「一億円がですか!?　あの美恵ちゃんに!?」

ママは啞然として口をぽっかり開けている。金額が金額なのだ。無理もないといえるだろう。

「ご存じなかったんですか？」

それは意外だというニュアンスを込めて島田が言うと青木もつづけて、

「ママと美恵さん、ずいぶん長い付き合いですよね。しかし、おふたりは、あまりなんていうか、その……」

と、ママの感情を刺激するように言った。

打ち合わせしたのではなく、阿吽《あうん》の呼吸だった。

青木と息が合ってきたことに、島田は内心驚いていた。

「冗談じゃありませんよ。あたしはあの子に感謝されこそすれ、嫌われてなんかいないはずですよ。そりゃ、この不景気で客足は減る一方だから、お給料は少ないですよ。だけど、はっきり言わせてもらうけど、美恵ちゃんは決して見てくれのいい女じゃないし、歳も歳ですからね、辞めてほしいと思ったことだって何回もありましたよ。だけど、水商売しか知らない美恵ちゃんが、ウチをやめたらどっこも使ってくれないだろうと思って、あたしは貯金を切り崩してお給料を払っていたことだってあったんですからね」

島田と青木の誘いにまんまと乗せられたママは、憤慨《ふんがい》してしゃべりつづけた。

「今、お給料が少ないといいましたけど、よく毎月三万数千円もの保険の掛け金を支払いつづけられたものですね？」

ママがしゃべり終わるのを待って島田が言うと、

「ああ、だからかあ……」

と思い出したような顔をして、

「旦那がいなくなってから安アパートに引っ越したんだけど、よくお給料の前借りされたのよ。昼間はスーパーのレジ打ちのパートもしているから、どうしてそんなにお金が足りないのかなとは思っていたんですよ。だけど、そうよねえ、保険の掛け金を月に三万円以上も払ってたら、やっていけないわよねえ」

と悪意のある物言いになった。

「率直にうかがいますが、旦那さんが失踪してからというもの、美恵さんに男の影はなかったんですか？」

島田が訊くと、ママは考える顔になって、

「ま、水商売やってますからねえ、こんなババアで亭主持ちのあたしにだって言い寄る男はいるくらいだから、独り身の美恵ちゃんに言い寄る客は結構いましたよ。だけど、そんなのあいさつみたいなもんで、どっちも本気になんかしませんからねえ――でも、考えてみると、たしかに旦那がいなくなってから七年も経つけど、美恵ちゃんに彼氏ができたってことはなかったわね。やっぱり愛していたのかしら？　でもねえ、う～ん……」

と首をかしげて言った。

山口美恵には付き合っている男はいないようだ。

「では、美恵さんが親しくしている女友達は、どなたかご存じですか？」

「特に親しくしていたって女の人はいないわねえ。スーパーのパート仲間にはいるかもしれないけど、あたしは知らないわねえ」

「どう思う?」

店を出て、捜査車両に乗った島田が青木に訊いた。

「はあ。美恵って女性、あやしいといえばあやしいですが、今の段階ではなんともいえないんじゃないでしょうか……」

青木の言うとおりだ。ママの話だけでは、美恵という女が旦那である山口信夫の失踪に何か関わりがあるのかどうか、島田にも判断がつかなかった。

「本人に直接当たる前に、周りから情報を得たほうがよさそうだな。山口信夫の姉さんがやっているという古着屋に行って話を聞いてみよう」

ふたりは店がある下北沢に車を走らせた。


山口信夫の姉がやっている古着屋は、若者たちが集まる下北沢駅前から歩いて二十分ほどの複雑に入り組んだ路地裏にあった。

島田と青木が訪ねると、姉の正枝《まさえ》は店をアルバイトの若い女に任せ、ふたりを店の奥にある事務所に招き入れた。

山口信夫は生きていれば現在三十七歳になるが、姉の正枝はずいぶん歳が離れているようで五十代前半に見える。

「美恵さんが信夫に一億円の生命保険をかけていたんですか!?」

正枝は、顔を青ざめさせて驚いた。

「お姉さんも知らなかったんですか？」

島田も青木も、姉の正枝が知らないということに少なからず驚かされた。

「ええ。たぶん、本人も知らなかったと思います。だって、知っていたら、わたしに話すと思いますから。でも、美恵さん、どうしてそんな高い生命保険を信夫に──」

それ以上、正枝は言葉をつづけなかった。口に出して言うには、あまりにおぞましいからだろう。

「こんなことを訊いてはなんですが、ふたりの関係はどうだったんでしょうか？」

島田が訊くと、

「どうと言いますと？」

正枝は島田と青木の顔色をうかがうような目をして訊き返した。

「つまり、夫婦仲がよかったのか、それともそうではなかったのかということです」

島田が答えた。

正枝は、少しの間、迷っていたようだったが、

「あまり、よかったとはいえなかったかもしれません」

と思い切ったように言った。

「どうしてそう思われたんですか？」

今度は青木が訊いた。

「はい。姿を消す少し前、信夫はわたしに何回か気になることを言ってたんです」

「どんなことですか？」

「ええ——美恵は、自分の中に昔の男を見ているんだって。おれは、そいつのダミーなんだって……」

正枝はひざに置いた手を握ったり開いたり、そわそわと落ち着かない様子で話した。

「美恵さんは、昔の恋人を忘れられないでいたようだということですか？」

青木が訊いた。

「それ以上、わたしも詳しく詮索《せんさく》しませんでしたけど、たぶん、そういうことだと思います」

「弟さんから、その人の名前なんかは聞いたことはないですか？」

島田が訊くと、

「信夫もそこまでは知らないようです。ただ――」

と言葉を詰まらせた正枝に、

「ただ？」

島田が促《うなが》すと、

「ときどき、隠れて会っているんじゃないかって――」

と正枝は言った。

「弟さんがそんなことを？」

「はい。でも、確かめたわけじゃないみたいです。そんな気がするというだけで……」

美恵に男の影が出てきた。しかし、スナックのママは、美恵に男がいた感じはなかったという。いったいどういうことなのだろう？

「弟さんの遺体があった場所は、岩手県花巻市と遠野市を結ぶ県道近くの山中でしたが、どうしてそんなところに行ったか心当たりはありますか？」

島田は訊く矛先《ほこさき》を変えてみた。

「わかりません。でも、わたしと弟は岩手県の遠野で生まれました。弟が十歳までしかいませんでしたけど――」

正枝が二十五歳になったとき、父母が交通事故で亡くなり、それを機に弟の信夫を連れて東京に出てきたのだという。正枝と山口信夫は十五歳も離れているということになる。

「遠野市と花巻市は近いといえば近いですよね？」

青木が島田と正枝の顔を見ながら確認するように訊いた。

「隣町同士だ。そのちょうど真ん中あたりだったな、発見されたのは――」

島田が言うと、

「でも、わたしと弟が生まれた家は廃屋《はいおく》同然になっていますし、親戚ももういませんん。弟が知っている人は誰もいないんです。だから、ひとりで遠野へ出かけていくなんて考えにくいです」

と正枝は、やんわりと否定した。

「山口信夫さんの遺体の確認には、お姉さんは行かれたんですか？」

島田が訊いた。

「いいえ。美恵さんから連絡を受けましたけど、白骨化していて見てもわからないようだと警察が言っているというので、わたしは行っていません」

「その後、美恵さんと会ったのはいつですか？」

島田が訊くと、正枝は無言のままうつむいて首を横に振った。

「会っていないんですか？」

「はい」

「一度も？」

「信じたくないんです。信夫が死んだなんて……」

正枝は小声で答えた。

正枝の気持ちはわからなくはない。むしろ、それが自然な感情というものだろう。

「率直にお訊きします。信夫さんに死亡時に一億円もの生命保険を奥さんの美恵さんが掛けていたと知って、どう思いましたか？」

島田がずばり訊いた。

「それは――」

正枝は顔を一瞬上げて訴えるような表情をすると、すぐにまたうつむいて、

「驚きました……」

と悔《くや》しそうな声で言った。

「信夫さんが、生前に親しくしていた人がいたら教えてもらえませんか？」

山口信夫は、姉の正枝にも言えないことを親しくしていた人に話しているかもしれないと島田は思ったのだ。

しかし、正枝の返答は、

「信夫は人嫌いなところがあって、親しくしていた人はいないんです。この店でも接客はしないで、ここで事務仕事ばかりしていましたから」

と期待外れのものだった。

「そうですか……じゃ、今日のところはこのへんで失礼します。また何か訊きたいことができましたら、うかがいます」

島田と青木が立ち上がり、事務所を出ようとすると、

「あの――」

正枝が声をかけてきた。

「なんでしょう?」

振り向いた島田が訊いた。

だが、正枝は、

「あ、いいえ。なんでもありません。よろしくお願いします」

と思い返したようにそう言うと、深々と頭を下げた。

「あのお姉さん、何か隠しているような気がするな」

コインパーキングにおいてあった捜査車両に戻った島田が言った。

「ええ。何か話したいことがありそうでしたね」

運転席の青木が答えた。

「近々、また会いにこよう。今度は、山口美恵本人に当たってみよう」

島田は山口美恵のアパートの近くに車を止めて、帰りを待つことにした。


「山口美恵、あの人じゃないですか？」

捜査車両の助手席で、うとうとしていた島田の体をゆすりながら青木が言った。

腕時計を見ると、午後五時を少し過ぎていた。

二階の部屋につづく階段を上って行くその女は、買ったものが入った膨らんだスーパーのレジ袋を持っている。

うしろ姿しか見えないが、細身の体にジーパンをはいて、サッカー選手がベンチで着ている暖かそうなロングコートを羽織っている。

そして、さっき訪ねた山口美恵の部屋の前で、すこし体をかがませて鍵を開けようとしている。

「山口美恵にまちがいないな。行こう」

車から降りた島田と青木は、足早に山口美恵の部屋に向かった。

「どちらさまですか？」

ドアをノックすると、警戒した声が返ってきた。

「警視庁の島田と言います。山口信夫さんのことで、ちょっとお話をうかがいたいのですが――」

ドアが開き、たしかに決して美人とはいえない、キツネを想起させる山口美恵が眉間に皺《しわ》を寄せた顔を見せた。

パッと見だけでは、大橋が言うほど性悪な女には見えない。化粧をほとんどしていないせいだろうが、むしろ夫を若くして亡くしてやつれているといった印象だ。

「どうぞ――」

山口美恵は、島田と青木を部屋に上がるように促した。

「今、お茶をいれますから」

アパートの室内は四畳半ほどの台所とバス、トイレがある部屋とその奥に六畳の和室があり、ベッドや鏡台、テレビなどがある居間になっている。

全体に小ざっぱりとしていて、男っ気はまるで感じられなかった。

そして、遺骨の入った箱を載せた形ばかりの台座があり、山口信夫と思われる男の遺影が飾られていた。髪を七三に分けた、陰気な雰囲気の顔立ちだ。

スナック「尚」のママが、どこがよくて一目惚れして結婚したのかわからないと言ったのもわからないではないが、美恵を見ると釣り合いが取れているとも言えると島田は思った。

しかし、焼香しようにも線香そのものがなかった。不自然といえば不自然かもしれないが、訳を追及するほどのことでもない。

島田と青木は代わる代わる手を合わせるだけにとどめた。

「お話というのは？」

お茶を差し出しながら、山口美恵が言った。

心なしかおどおどしているように見える。

「昼間はスーパーでパート勤めをなさっているんだそうですね？」

島田が言った。

「ええ、ここから自転車で十分くらいの小さなスーパーで、レジ打ちをしています」

山口美恵は所在なさそうにしながら答えた。

「午前中、いらっしゃらなかったので、スナック『尚』のママさんのところに行ってきました。それから、山口信夫さんのお姉さんのところにも――」

島田はお茶をひと口啜《すす》って、もうすでにいろいろと聞き回っているのだということを暗に匂わせるように言った。

「はあ……」

山口美恵は、どうしたらいいのかわからないという顔をしている。

「つかぬことをお訊きしますが、亡くなった旦那さんの山口信夫さんに一億円の生命保険をかけていましたよね？」

「ええ」

美恵の顔に特に変化は見られなかった。

「旦那さんは、承知していたんですか？」

「どういうことですか？」

美恵は気分を害したようで、顔をしかめて訊き返した。

「言葉どおりです。山口信夫さんは、自分にそんな高額な保険がかけられていたことを知っていたんでしょうか？」

「もちろん、知ってましたよ。もし、自分に何かあったら大変だからって――」

美恵は挑むような目で、島田を見て言った。

しかし、姉の正枝は知らないはずだと言った。

それを突き付けるべきかどうか一瞬考えたが、当の本人はもうこの世にいないのだ。確かめようがない。

「それにしても、月々の掛け金は三万数千円もしますよね。大変だったでしょう?」

「刑事さん、いったい何が言いたいんですか?」

美恵の目が吊り上がり、ますますキツネを思わせる顔つきになってきた。

本性を現してきたということなのか――。

「他意はありません。これも言葉どおりです」

島田は冷静に答えた。

美恵も冷静になろうとしているのか、大きく息を吸うと、

「ええ、それは大変でしたよ。だけど、あの人は絶対に生きている。そう思って、がんばって払いつづけたんです。それをやめちゃうと、もう帰ってこなくなっちゃう気がして怖くて……」

そこまで言って手で口をおさえ、涙声になった。

(演技か? それとも、本心か?……)

島田は美恵を見つめながら、

「そして、本当に帰らぬ人になってしまった。普通失踪が認められる前に――」

とカマをかけてみた。

すると美恵は顔を上げ、

「ですから、刑事さん、いったい何が言いたいんですか？」

と語気を強めて言うが、その瞳は濡れてはいなかった。

（さっきのは演技だ。やはり、この女は大橋の言うように健気などとは、ほど遠い女かもしれない。焼香をしている痕跡がないのも悲しんでいないからではないか？

……）

そう思いながら、

「一億円の保険金の手続きは、もう取られたんですか？」

島田は何気なさそうに訊いた。

「ええ、生保に電話はしました。どうしたらいいのかわからないもので――そうしたら、都合のいい日を事前に言ってもらって必要書類を持って保険会社に来てくれれば、いつでも支払い手続きをしますということでした」

一億円という大金が手に入るというのに、美恵は淡々としている。まだ実感がわかないからなのか、それともこの日が来ることを何度も想定したことからくる余裕からなのか……。

「岩手県警の花巻署のほうに、ご遺体の確認に行かれたそうですね？」

「ええ。もう白骨化していて、主人かどうかまるでわかりませんでしたけど、運転免許証とか財布はいなくなったときに主人が持っていたものでした」

「ＤＮＡ鑑定はしなかったんですか？」

それまで黙っていた青木が口を開いた。

「そういうの、警察のほうではしたのかもしれませんけど、わたしは知りません」

おかしい。花巻署は、白骨死体のＤＮＡ鑑定はしたが、山口信夫のものと照合はしていないということなのだろうか？

「ご主人の山口信夫さんは、どうして岩手県の山中で遺体で発見されたんでしょうかねえ？」

島田と青木は、美恵の顔を凝視《ぎょうし》した。

「どうしてって言われても……」

美恵は口ごもった。

「どうしてそんな遠いところに行ったのか、心当たりはまったくないんですか？」

「心当たりというか、生まれが岩手県の遠野だと言っていましたから、もしかしたら生まれ故郷が見たくなって行ったのかなということくらいしか――」

美恵はいら立ってきているように島田には見えた。

「しかし、信夫さんの頭蓋骨には陥没した痕があった。何かで殴られて死んだ可能性が高いと、わたしたちは見ていますが、花巻署の人間たちは、それについて奥さんに何かお訊きになりませんでしたか?」

青木が島田の顔をちらっと見た。おかしな質問だと思ったからだろう。たしかにこれでは、警視庁と花巻署の捜査員が連絡を取り合っていないということを明かしているようなものだ。

しかし、この際そんなことを気にしている場合ではない。それに一般人は、特に不審には思わないだろうと島田は判断したのだ。

「ええ。向こうの刑事さんたちから、ウチの人が誰かに恨まれたり、何か問題を抱えているようなことはなかったかと訊かれました」

「どうだったんでしょう?」

「ウチの人は、人付き合いはまったくありませんでしたから。お姉さんのお店と住んでいたマンションを往復するだけの毎日でしたし、何か問題を抱えていたり悩んでいたようなこともなかったですから、心当たりはありませんと答えました」

「そうですか、おかしいですねえ……」

島田が言うと、

「え？」

美恵の目に怯えの色が走った。

「何が——おかしいんですか？……」

美恵は目をふせて訊いた。

「山口信夫さんのお姉さんが、信夫さんが姿を消す前、悩んでいることがあるようだったと言っているんですがね」

島田がそう言っても、美恵は下を向いたまま何も答えないでいる。

「奥さんのあなたは気がつかなかったんですか？」

（お姉さんは、信夫さんがあなたのことで悩んでいたと言っているんだ——）

島田はそう言ってやりたいのを堪《こら》え、反応を待った。

すると美恵は、

「気づきませんでした」

と挑むような眼差しを向けて、きっぱりとした口調で答えた。

島田と美恵が睨み合う格好になったまま数秒後、島田はふっと視線を外して、

「わかりました。今日はこれで失礼します」

と言って立ち上がり、青木とともに美恵の部屋をあとにした。

「島田さん、山口美恵、やっぱりあやしくないですか？」

捜査車両に戻るなり、青木が言った。

「ああ。印象としてはかなりな――」

「花巻署もいったい何を考えているんですかね？　白骨死体のＤＮＡ鑑定だけしても、本人のものと照合しなきゃ意味がないじゃないですか」

「運転免許証もあったことから、おそらく血液型だけを急いだんじゃないのかな」

「これからどうしますか？」

「青木くんは、山口美恵の昔の男というのを洗ってくれ。わたしは、もう一度山口正枝に会う」

「わかりました――」

島田と青木は二手に分かれて捜査することにした。

その夜は、吐く息が白くなるほど冷え込んでいた。

深夜一時、山口美恵は埼玉県春日部《かすかべ》市のはずれにある、使用されていない倉庫までレンタカーでやってきた。

重い鉄扉を開けると、室内はガランとしており、物音ひとつしない。

「賢吾《けんご》、いるの？」

美恵はトランクを重そうに持ちながら、恐る恐る声を出した。

倉庫の中は、天井に近いところに、昼間の光が入るように窓がいくつも並べられ、そこから月光が差し込んでいるだけの薄暗さだ。

「ああ、ここだ」

目を凝らして見ると、二階部分につながる階段に腰をかけている男の影が見えた。

「賢吾！……」

美恵はトランクを床に置くと、男の影のそばに小走りに駆け寄っていった。

「久しぶりだな――」

賢吾は立ち上がり、駆け寄ってきた美恵を抱きしめた。

「ああ……」

美恵は小さな喘ぎ声をもらした。

「誰にもつけられなかっただろうな？」

賢吾は美恵の髪の毛を撫でながら訊いた。

「大丈夫よ。こんな夜中だもの」

「じゃ、さっそく、おれたちが七年間かけてようやく手に入れた一億円を拝《おが》ませてもらうとするか――」

賢吾は美恵から離れ、トランクへと足を向けた。

美恵は今日、生命保険会社に行き、危険だから銀行振り込みにしてはどうかという生保の人間の意見を無視して現金で受け取ってきたのである。

「はは。ははは……」

トランクの中にびっしりと詰まっている札束を見たとたん、賢吾は上ずった笑い声を立てはじめた。

「賢吾?……」

月明かりに照らされた賢吾の異様な笑い顔を見つめていた美恵が、不審そうな顔をしてつぶやいた。

が、賢吾は気づかないようで、札束を撫でるようにして笑いつづけている。

「ねえ、あなた、賢吾よね?――」

美恵が語気を強くして言うと、賢吾はようやく気づいたように美恵に顔を向けた。

「おれが賢吾じゃなきゃ、誰だっていうんだ?」

賢吾は不敵な笑みを浮かべている。

美恵は思わず後ずさって、

「しばらく会っていなかったからかな……昔の賢吾と変わった気がして……」

と声を震わせて言った。

「じゃあ、もう一度、そばに来て、よくおれの顔を見てみればいいじゃねえか……」

賢吾は、距離を取ろうとじりじりと後ずさる美恵に近づいていった。

「声も、ちがう……あなた、もしかして……」

美恵の声の震えは、いっそうひどくなっている。

「もしかして、なんだよ？」

「信夫!?――あなた、信夫なのね？……」

「クックックッ……おれも初めてあいつの顔を見たときは驚いたよ。自分とこんなにそっくりな人間が、本当にいるとはな」

賢吾は、そう言いながら、懐《ふところ》から折りたたみ式のナイフを取り出した。

「ど、どういうことなの？……」

美恵は目を見開き、恐怖の色を宿している。

賢吾は折りたたみ式のナイフを立てると、

「どういうことだって？――見りゃわかるだろ。おれを殺そうとしたその賢吾が、逆におれに殺《や》られたのさ。そして、おれは賢吾になり済まして七年間姿をくらましたってわけさ」

倉庫の壁際に美恵を追い詰めた山口信夫は、美恵の首筋にナイフを当てて言った。

「だから、あたしがいくら会いたいと言っても会ってくれなかったのね……」

「バレると思って会わなかったんじゃない。会えば、おれはおまえを殺してしまいそうだったからだ。しかし、そんなことをしたら、せっかくの一億円がパーだろうが。だから、おまえとの連絡は、あの男が持っていた携帯電話のメールだけにしたんだ」

山口信夫の目は怒りで血走っている。

「ち、ちがうのよ。この計画は、賢吾が持ちかけてきて、あたしは反対したのよ、そんな恐ろしいことはやめようって――」

美恵がかつての恋人、高田《たかだ》賢吾と再会したのは山口信夫と結婚して一年半ほどしたころのことだった。

高田賢吾と山口信夫は、双子ではないかと思うほどすべてが瓜《うり》二つだったが、持って生まれた性格だけがまったく別だった。

賢吾は兇暴なところがあり、十代のころから悪さを覚え、やがて暴走族のヘッドになって子分を何十人も従えるようになった。

美恵と知り合ったのもそのころのことだ。美恵もまたレディースの暴走族の一員だったのである。

女だてらに粋《いき》がっていた美恵にとって高田賢吾は、まさにスターだった。賢吾には彼女が何人もいるのは知っていたが、そのうちのひとりに自分が入れてもらえることだけで満足だった。

そして、賢吾が率いる暴走族が解散し、暴力団の組に出入りするようになると、賢吾の周りにいた彼女たちも一人減り、二人減りとなっていったが、美恵だけは最後まで奴隷《どれい》のように尽くしつづけた。

美恵は覚悟し、知っていたのだ。自分のようななんのとりえもなく、見てくれも悪い女は、じっと待って耐え抜くことが賢吾を独り占めできる唯一の方法だということを。

だが、それでも別れは訪れた。いっぱしの暴力団員になった賢吾には、また彼女ができはじめたのだ。しかも、美恵にはとてもかなわない見た目のいい女たちが。

そんなとき、美恵は賢吾にそっくりな山口信夫を見かけたのだった。美恵は信じられない思いだった。

世の中にそっくりな人間は三人いるというが、これほどまでそっくりな人間がいようとは——。

美恵は、なんの迷いも照れもなく信夫に声をかけ、勤めているスナック「尚」につれていった。

そして、飲み代はいらないから毎日来てほしいと猛烈にアタックし、知り合って半年で結婚したのだった。

だが、いざ結婚してみると、信夫は夜の営みにしろ、話す話題にしろすべてが本当につまらない男に美恵には思えた。

そんなとき、美恵はばったりと賢吾と再会したのである。美恵と信夫が歩いているところを見た賢吾も、自分にそっくりな信夫を見て驚いた。

と同時に、賢吾は美恵が、まだ自分を忘れることができないでいると瞬時に悟ったのである。

そして賢吾が美恵に近づいて関係を迫ると、案の定、美恵は待っていたかのように受け入れ、再び奴隷のように尽くす日々がはじまったのだった。

そんなあるとき、賢吾は、美恵に恐ろしい計画を持ちかけたのである。

『普通失踪って知ってるか？　七年間、姿を消せば、そいつは死亡と見なされる。おまえはあの亭主にうんざりしているんだろ？　だったら、あいつに保険をかけろ。おれが姿を消してやる。そして七年たったところで、おまえは死亡保険金を受け取って、亭主になり済ましたおれといっしょに楽しく暮らそうじゃないか。どうだ？　こんないい話は、そうあるもんじゃねえぜ』

熱に浮かされたようになっていた美恵は、賢吾の恐ろしくもずる賢いその計画に乗ることにしたのだった。

計画の実行はいたって簡単なものだった。スナックから戻った美恵が、睡眠薬を入れた酒を信夫に飲ませ、眠らせたところで賢吾が運転する車で山中に運び、殺して埋めるというだけのことだ。

「――だが、山中に着いて首に手をかけられたところで、おれは目を覚ましたんだよ。おれは悪い夢を見ていると思った。なにしろ、自分が自分を殺そうとしているんだからな。それほど、あの高田賢吾って男は、おれにそっくりだった……」

首を絞められながら賢吾の口から計画を聞かされた信夫は、もがき苦しみながらも近くにあった石を手に取り、渾身《こんしん》の力を振り絞って賢吾の頭を殴りつけ、逆に殺したのだった。

「あとは、今度はおれが高田賢吾になり済ませばいいだけだ。そう考えたのさ。もし万一、普通失踪が認められる前にあの男の死体が発見されて、おれとは別人だということがわかったとしても、おれは姿を隠しつづければいいだけのことだ。おまえは口を割らないだろうから、計画がバレることもない。そして、おまえは、おれが生きていることに脅えつづけることになる。いつ、おれが現れるんだろうとな」

だが、幸いというべきか、不幸というべきか、美恵は賢吾になり済ました信夫に会うこともなく、賢吾の遺体も見つかることなく七年目を迎えたのだ。

「こ、これからも、あなたは賢吾になり済まして生きていくつもりなの？……」

首にナイフを当てられている美恵は、顔を引きつらせて訊いた。

「ふふ。バカを言うな。おれはこの一億円を使い切ったら、家庭裁判所に行って生きていたことを申し出るさ。普通失踪が認められたあとで、本人が現れた場合、使ってしまった分を差し引いた額だけ生保に返せばいいことになっているからな」

信夫は、失踪中の間にずいぶん生命保険のことや法律について勉強したようだ。

「あ、あたしは——これからどうなるの？……」

命の危険が確実に近づいていると悟ったのだろう、美恵は体をぶるぶると震わせている。

「どうなるだって？　ふん、おまえはどうしてもらいたいんだ？」

信夫が言うと、

「お願い……あたしが悪かったわ。だから――お願い。命だけは、助けて……」

と美恵は懇願しはじめた。

「ふふ。心配するなって。しばらくは生きててもらうつもりだよ」

「しばらく?……」

と、信夫は美恵の髪の毛を鷲掴みにすると、

「ああ。元のように夫婦に戻る。そして、ほとぼりがさめたころ、今度はおまえに失踪してもらうんだよ。たんまり保険をかけたうえでなッ」

信夫は狂気に満ちた目つきで言った。

と、そのときだった。

「信夫、もう、やめてぇ〜ッ!……」

女の叫び声が、倉庫じゅうに響き渡った。

「姉さん!?……」

叫び声がしたほうへ信夫が顔を向けると、

「山口信夫、そこまでだ。それ以上、罪を重ねるな」

男の叫び声と同時に、倉庫の鉄扉が大きな音を立てて開かれ、捜査車両とパトカー

の二台の車のヘッドライトが山口信夫と美恵を照らしだした。

「おまえたちは⁉……」

茫然《ぼうぜん》と信夫が言うと、

「警察だ！」

島田と青木が姿を見せた。


山口信夫と美恵が逮捕された翌日、島田は大橋と居酒屋「魚安」のいつもの小座敷で飲んでいた。

「――山口信夫が失踪してからしばらくして、姉の正枝のもとに月に一度、店が休みの第三月曜日の夜八時に必ず無言電話がかかってくるようになったそうです」

島田はビールを注いでくれている大橋に言った。

「その無言電話は弟に違いない。弟は生きている。そう姉は感じとっていたわけか。しかし、島田さん、その姉が弟が会いにきたことさえあんたに黙っていれば、計画は完全だったのになあ」

発見された白骨遺体が山口信夫だということがわかった時点で、美恵が死亡保険金一億円を保険会社に請求しても問題はないのだが、高田賢吾になり済ましていた信夫は、あくまで普通失踪が認められるまで手続きを取るなと美恵に命じた。

美恵に直接会って一億円を手に入れ、それを姉の正枝のために使い切るためだったからである。

山口信夫は、そうすれば生命保険会社は支払った一億円の返還を要求できないことを知っていたからだ。

「山口信夫が七年間もの辛い失踪生活をつづけることができたのは、姉に楽な暮らしをさせてやることができるという一心からだったそうです。しかし、姉の正枝はそんなお金のことより、信夫が生きていてくれさえすればそれでよかった。だから、普通失踪が認められた日に、信夫が姿を見せたときは本当にうれしかったそうです」

正枝に会った信夫は、何があったのかをすべて打ち明けた。それだけだったら、もしかしたら正枝も島田のもとに連絡をしなかったかもしれない。

「――しかし、姉の正枝はこれでは終わらないと直感したそうです。信夫は、今度は美恵に同じ方法で復讐する気でいると確信したそうです」

「それにしても、こう言っちゃなんだが、その山口信夫ってやつは、ずいぶん姉さん想いの弟だな」

「ええ。普通の姉と弟の関係ではなかったからですね」

「弟が小さいときに両親を亡くしたために、十五歳も年上の正枝って姉は結婚もしないで弟を育てたっていうんだろ？」

島田は大橋にビールを注いでやりながら、

「ええ。姉の正枝と弟の信夫は戸籍上は姉弟なんですが、実際は親子だったんです」

と言った。

「なんだって!?」

さしもの大橋も驚き、ビールを飲む手を止めた。

「そりゃあ、どういうことなんだい？」

「姉の正枝の父母は、岩手県遠野に広大な農地を持つ、昔でいえば庄屋の家に住み込みで働いていたそうです。しかし、正枝が中学三年生のとき、その家の主《あるじ》が正枝を強姦して妊娠させてしまった――」

「その子が、その信夫……」

「そうです。昔の田舎で起きたことですから、なんとしてでも表沙汰にすることはできないと、その家の主は正枝の両親に田畑を与え、生まれた子は正枝の弟として育てさせることにしたそうです」

その後、その豪農の家の主は、ある日川で死体となって発見されたという。遺書などなかったことから警察は他殺と事故の両面から捜査したが、結局わからずじまいのまま、迷宮入りとなったということだった。

だが、そのあたり一帯の人々は、河童《かっぱ》の仕業ではないかとまことしやかに噂していたという。

「河童の仕業か。遠野といえば昔話の故郷と言われているくらいだからな」

そして、正枝の両親も、正枝が二十五歳のときに交通事故で亡くなり、正枝は父母の田畑を売って、十歳の信夫とともに東京に出てきて商売をはじめ、信夫を育てた。

だが、いつどうしてわかったのか、信夫は姉の正枝が実の母親だということを知り、自分のために人生を棒に振った正枝のために、いつか恩返しをしたいと心に誓っていた。そんなさなか、今回の事件が起きたのである。

「姉の正枝は、自分の腹を痛めて産んだ息子に、これ以上人殺しの罪だけは犯してほしくないと思ったんです」

「ま、山口信夫の七年前の高田賢吾殺しは正当防衛が認められるだろうな。そして、今回の件は保険金詐取の共同正犯未遂ってとこだが、情状酌量が認められて、実刑は免れて執行猶予がつくんじゃないのかね」

「ええ、おそらくは――妻の美恵のほうは、厳しい判決が下りるかもしれませんが」

「うん。しかし、その山口信夫ってやつの七年間は、なんだったんだって話だなあ」

山口信夫は大阪のあいりん地区で、建設作業員の住み込みの仕事を得ていたということだ。あのあたりは未だに、若ければ身元確認ができなくても仕事先があるらしい。

「わたしも最初はそう思いました。しかし、姉の正枝は、七年ぶりに信夫を見て、これはこれでよかったんだと言うんです。過保護だった自分の元から離れ、見ず知らずの土地で見ず知らずの人たちといっしょにきつい肉体労働をつづけてきた信夫は逞しい男になってくれたと――」

「なるほどな、そりゃ母親でなけりゃ言えない言葉かもしれんね」

「はい。正枝と信夫は、これから本当の親子として生きていけるんじゃないですかね」

「島田さん、そろそろビールから焼酎にしたいんだが、あんた、今夜も時間はないのかい？」

大橋の遠慮がちな誘いに島田は、

「いえ、今夜は少しゆっくりできます」

と答えた。

一度、大橋とじっくりと飲んでみるのもいいと思ったのだ。

「そうか。いや、そりゃいい。おーい！」

大橋は嬉々として、店の従業員を大声で呼んだ——。

第四章　防犯カメラ

年の瀬が近づき、刺すような冷たい風が吹いている中、島田はコートの襟《えり》を手で合わせて夜の帳《とばり》がおりた銀座《ぎんざ》の街をひとりで歩いていた。

大通りの晴海《はるみ》通りは、人気ブランド店のロゴが印刷されている大きな買い物袋を提《さ》げている人たちが足早に歩いている。

その晴海通りから並木《なみき》通りに入ると、ホステスたちが接客する高級クラブが入っているビルが立ち並び、歩いている人の数がぐんと少なくなった。

銀座の高級クラブはソファに座るだけで数万円もするそうだが、島田はもちろんそんな店で酒を飲んだことはないし、飲みたいと思ったこともないが、長引く不況でそんな店も少しずつ姿を消しつつあるのだと聞くと、どことなく寂しい気がしなくもない。

並木通りに入って二つ目の角を左に曲がると、指定された「春香楼《しゅんこうろう》」という中華料理店はあった。

自動ドアが開いて中に入ると、店内は不況などとはまったく縁がないほどの客たちで賑《にぎ》わっていた。

「いらっしゃいませ」

白い花の刺繍《ししゅう》をあしらった真っ赤なチャイナドレスを着た女性従業員が近づいてきて言った。そのまま高級クラブのホステスとしても充分に稼げるだろうと思える若さと美しい顔立ちをしている。

「大場良一で予約してあると思いますが――」

コートを脱いで手に持った島田が言うと、

「お待ちしておりました。ご案内いたします」

女性従業員は、愛想笑いを浮かべて、二階へつづく階段へと案内した。

「お足もとにご注意ください」

チャイナドレスの太ももも深くまで入ったスリットから見える形のいい細くて白い足と、階段を上るたびに左右に揺れる肉づきのいい臀部がいやでも目に入り、島田は目のやり場に困りながらあとをついて行った。

「こちらでございます――」

女性従業員は島田に言ってから個室になっているドアをノックして、

「お連れ様がお見えになりました」

と中へ声をかけてドアを開けた。

「ごぶさたしています」

島田は部屋の入口で足を揃え、十五度の角度ですっと頭を下げた。

「何年ぶりになるかな――まあ、座ってくれ」

大場良一は、島田に穏やかなほほ笑みを浮かべて言うと、

「ああ、君、ビールと紹興酒《しょうこうしゅ》、それに料理も運んでくれ」

と女性従業員に言った。

「かしこまりました」

女性従業員が部屋を出ていくと、

「よく、ご利用になるんですか?」

向かいの席に座った島田は、さりげなく部屋を見回して訊いた。

仕切り塀ではなく、完全な個室になっている。結構な値段の室料も別に取られるに違いない。

「まさか。年に一度か二度がせいぜいだよ」

大場良一は警視庁を定年退官してから、府中《ふちゅう》にある警視庁の警察学校の教官を務めるようになって三年ほどになるだろうか。

組織犯罪対策課を退官して警察学校の教官になれる者は、ほんの数名である。大場もまた赤坂署の蔵元や新宿署の外山とは違った意味で、優秀な警察官だったということだ。

三人ともそれぞれ優秀な警察官ではあるが、大場が蔵元、外山のふたりとどこが違うかひと言でいえば、人望があるということに尽きるだろう――生前、沢木が言っていたことを島田は覚えている。

今もそれは、顔つきや体全体から出ている雰囲気でも嗅ぎ取ることができる。

「捜一は、相変わらず忙しいだろ」

島田が到着するまでアルコールを飲まずにいた大場は、ウーロン茶を口に運びながら言った。

「ええ。忙しいのに加えて年々、犯罪が複雑かつ巧妙化されてきていますから、わたしのような古いタイプの刑事は、ついていくのがやっとです」

「うむ。わたしも、そうした犯罪に対応できる警察官を育てなきゃならん立場なんだが、どうしたものかいつも頭を悩ませているよ」

「どうですか？　最近の警察官を志す者たちは？」

「年々劣化している気がするねえ」

「劣化、ですか？」

「うむ」

ノックの音がして、さっきの美しい女性従業員がビールと紹興酒、それに前菜を運んできた。

回転する丸い中華テーブルに料理を置き、最初の一杯だけ、ふたりにビールを注いでくれた女性従業員が部屋を出ていくと、

「この出口の見えない不況とやらで、安定した公務員になりたくて警察官を選んだ。そういう輩《やから》が多くてね。先が思いやられる」

大場はビールを苦そうな顔をして飲み込んで言った。

「わたしもその口のひとりでしたから、そう言われると返す言葉がありません」

島田は苦笑いを浮かべて言った。

「しかし、犯罪を憎いと思ってはいただろ」

「？――」

何が言いたいのだろう？　という顔で、大場に注ごうとビール瓶を持ち上げると、

「警察官になろうとする最近の若者には、犯罪を憎むという気持ちが希薄になっている気がしてならない。これは由々《ゆゆ》しきことだよ」

と大場は言った。

大場の言うことももっともな話だが、罪を犯すほうの人間もゲーム感覚に近い、あまりに安易な動機が多くなっている気がしてならない。

「ま、それはさておき、この師走の忙しいときに、わざわざ君にこうして時間を作ってもらったのは他でもない。野村健一を見つけ出し、沢木殺しの真犯人だったことを突き止めたことに対する礼を、年を越す前に言っておきたいと思ったからなんだ」

大場は、新宿署の外山署長が島田をこうした一流店に呼び出したのと同じ理由を言った。

「そんな――わざわざ恐縮です」

「恐縮するのはこっちのほうだよ。原宿署の副署長になっている中島と四課の管理官の岩波も顔を出したがっていたんだが、なかなか都合がつかなくてね。彼らからもくれぐれも礼を言ってほしいと言われている」

「はあ」

島田は、大場を含めて彼らふたりも疑っているのだ。大場が注いでくれたビールの味が、苦さを増した気がした。

「ところで、沢木が野村健一から受け取ったとされる証拠品を、あのときの我々捜査員の中のひとりが、沢木の部屋に侵入して盗んだというのは本当かね？」

大場から大切な話があるので会えないだろうかという連絡があったとき、おそらくそのことだろうと予測はしていた。

「それはどなたからお聞きに？」

島田は即答を避けた。

「中島だ——彼は岩波から聞いたそうだ」

赤坂署の蔵元か新宿署の外山のどちらかが、一番年下の岩波に接触したのだろう。岩波隆俊は五十歳で本庁組織対策第四課の管理官をしている。島田が疑いをかけている、かつて沢木がいた捜査班の中では、もっとも若くして出世している男だ。

「その中島と岩波から、君と会って、わたしの口から自分たちはそんなことはしていないと伝えてほしいと頼まれた」

「!?——」

島田が不思議そうな顔で見ると、

「わたしもあのふたりは、そんなことはしていないと信じている。実際、中島と岩波じゃないだろ？」

大場は険しい目つきになって島田を見つめた。

（どう答えたらいい？　おれには、なんの証拠もないのだ……）

　島田がためらっていると、

「島田くん、あの事件に関わったかつての同僚たち、みんながみんな疑心暗鬼《ぎしんあんき》になっているんだ。我々のうちの誰かが沢木の部屋から、その証拠品とやらを盗んだとしたら、おそらく亡くなった田中課長の命令でやったことだろう。命令を受けた者には罪はない。だからこの際、誰がやったのかはっきりさせたほうがいいとわたしは思う」

　大場は説得する口調で言った。

「わかりました。正直にお話しします――」

　島田は腹を決め、野村健一が死ぬ間際に言ったことを包み隠さず大場に伝えることにした。そうしたほうが突破口が見つかるような気がしたのだ。

　大場には、そう思わせる誠実さがにじみ出ている。

「――野村健一は、樫田組の組長に命じられて、沢木に渡した証拠の会話テープと写真を奪い返そうと沢木の部屋を訪ねて殺したんです。しかし、部屋からはもうその証拠品は消えていたそうです。受け取ってからわずか一日の間に、沢木にも気づかれずに、誰かが持ち去ったことになります。そんなことができるのは誰か？　わたしは、沢木と同じ班だった捜査員のうちの誰かに違いないと考えています」

ビールから紹興酒にかえている大場は、ごくりと音を立てて飲み込んだが、口を開こうとはせず、取り皿の料理をつまんでいる。

そして、しばしの沈黙のあとで、ようやく大場が口を開いた。

「島田くん、これは確認なんだが――つまり、君は誰が沢木の部屋からその証拠品を持ち去ったのか、なんの証拠も持っていないということなんだね？」

島田が仲間の誰かが証拠品を持ち去ったという噂を流し、それに敏感に反応した者が怪しいのではないかと網を張ったにもかかわらず、大場は声を荒らげることもなく、あくまで紳士的な物言いで質《ただ》した。

「はい。あたかも、わたしが証拠を摑んでるかのごとく噂を流したのは、姑息《こそく》な手段だったかもしれません。しかし、わたしはどうしても、沢木が殺されなければならなかった真の原因はなんだったのか、それを知りたい。沢木の部屋からその証拠品を持ちだした人間は、中身を見聞きしているはずです。わたしは、それがどんなものだったのか知りたいんです」

島田は大場の目をまっすぐに見て言った。

大場も島田の視線を受け止めていたが、ふっと視線を外すと、

「島田くん、料理が冷めてしまわないうちに、食べながら話そう」

と、テーブルの上に並べられた料理に箸を伸ばし、島田も大場に倣って、小皿に料理を取り寄せた。

「沢木という男は、みんなから愛されていたやつだった。ましてや君は沢木の同期で親友だったんだ。君の気持ちはよくわかるよ。だが、少なくとも中島と岩波はやっていないとわたしは思う」

　小皿に料理を取り寄せ終えた大場が言った。

「どうしてそう思われるんですか？」

「岩波は当時まだ二十五、六歳で、沢木のことを兄のように慕っていた。そんな岩波に命令を下しても、彼は実行しなかったろうし、もし命令が下ったとしたら、一番年上だったわたしに相談しただろう。しかし、そんな相談はなかった」

「もし、相談されたら、大場さんはなんと答えましたか？」

「ふふ、わたしもそんなことはやっていないという前提で話しているね。もちろん、わたしはやっていないよ。わたしは田中課長とは反目し合っていたからね。彼がそんな命令をわたしに下すはずがない」

　そうなのか？――本当のところはわからない。だが、大場が嘘をついているようには、島田には思えなかった。

それに田中課長と大場の仲が当時はどうだったのかなど、あとで誰かに聞けばすぐにわかることだ。そんな嘘をつく必要がない。

「話を元に戻すが――もし岩波にそんな命令が下って、わたしに相談をもちかけてきたとしたら、断れと答えただろうね。警察官は上からの命令は絶対だが、それはあくまで組織としての規範を守るためなのであって、同僚を裏切ることが規範を守ることにはならないとわたしは考えているからね」

大場が本心からそう考えているのであれば、彼のような人間が警察学校の教官をしているというのは、まだ警察組織もまんざら捨てたものではないかもしれない。

「では、中島警視ではないという根拠は？」

島田が訊くと、

「彼は実直な男だ。命令が下されれば実行しただろう。しかし、その後に沢木があんなことになったら、彼は罪の意識に苛《さいな》まれて、わたしに告白しただろう。だが、彼もわたしにそんなことは口にしていない」

と大場は確信に満ちた声で答えた。

「そうですか――蔵元警視正と外山警視正に対しては、どう思いますか？」

島田が尋ねると、大場は苦笑いを浮かべた。

「もし、我々の中でやった者がいるとしたら彼らのうちのどちらかだろうと、わたしは思っていた。ふたりとも昔から上昇志向の強い男だったからね。しかし、君はもうふたりに直接会ったそうじゃないか。どうなんだね？」

「彼らでもないと思います。わたしの勘でしかありませんが――」

「そうか。それを聞いて安心したよ。かつての仲間に、そんな裏切り者がいたなんて思いたくはないからね」

大場にしてみればたしかにそうだろう。では、いったい誰が沢木の部屋から証拠品を持ち出したというのか？

そんな島田の心の中を見透かしたように、

「なあ、島田くん。わたしなりに考えてみたんだが、ひょっとすると当時の二課の連中の仕業ではないのかな？」

と大場がぽつりと言った。

（！……）

島田は不意打ちを食らった気がした。

思い返してみれば、そもそも建設族の大物議員と東都建設、それに広域指定暴力団の銀龍会が手を組んで地上げを行ったことに端を発した二十五年前の飯田一雄殺害事件は、捜査四課よりも先に二課が動いていたのだ。

そして、四課の田中課長と二課に赴任してきた五十嵐課長が同期で親友だということからふたつの課が手を組み、両面作戦で追い詰めようということになったのである。

警察上層部に政治的な圧力がかかって捜査の打ち切りが決定されても、マル暴担当の四課はあきらめがつくかもしれないが、そのずっと以前から二課が狙っていた建設族議員が関わっていたということが立証される証拠ならば、二課としてはどんな方法を使ってでも手に入れたいと思ってもなんら不思議ではない。

だが――。

「沢木は一見豪放磊落《ごうほうらいらく》に見えますが、かなり慎重なところもあるやつでした。二課の人間が近づいてくれば、警戒するはずです。簡単に部屋の中には入れないでしょう」

島田がそう言うと、

「しかし、沢木が部屋から一歩も外に出なかったわけでもないだろう。わずかな隙を狙って忍び込むことくらい、警察が本気でやろうとすればできてしまうことは知っているだろ」

と大場は答えた。

たしかに、警察は盗聴も部屋の鍵を開けることもやろうとすれば、驚くほど短時間でなんなくできる。大場の推理はあながち間違っていないのではないか――。

「二課の課長だった五十嵐さんは、今はどうしているんでしょう？」

「うむ。もうとっくに警察関係者ではなくなって、郷里の熊本かどこかで隠居暮らしをしていると、ずいぶん前に噂で聞いたが、今はどうしているかな――」

すでに亡くなっている田中課長と同期なのだ。とっくに七十歳を過ぎている。もしかすると五十嵐課長も死亡している可能性もなくはない。

「どなたか五十嵐さんの近況を知っている人をご存じないですか？」

「わたしは直接は知らないが、探せばいることはいるだろう。しかし、島田くん、どうなのかねぇ」

「？――」

大場が何を言わんとしているのか島田が測りかねていると、

「沢木の部屋から、その証拠品を盗んだ者が我々の仲間だとしたら、わたしもそいつを沢木を裏切った者として見てしまうかもしれんが、もし命令を下したのが二課の五十嵐課長で、やったのも二課の人間だとしたら、君はその人間も裏切り者と見るかい？」

と言った。

「――それは……」

島田は返す言葉がなかった。大場の言うとおり、命令を下したのが五十嵐課長だとすれば、沢木の部屋から証拠品を盗み出したのも二課の捜査員だったに違いない。

だからといって、沢木が野村健一に殺されたのは、その人間のせいでもなんでもないのだ。

そもそもの事件の発端となった飯田一雄殺しの犯人の野村健一に、銀龍会と東都建設が裏でつながっている証拠を摑んでくれれば逃がしてやるという取引きを持ちかけるよう田中課長が命令し、沢木がそれを実行してしまったために起きたことなのだ。

「しかし、大場さん、それでは沢木はなんのために――あいつの死は、いったいなんだったんでしょうね……」

島田は急になんともいえぬ虚脱感に襲われた。

「君は、赤坂署の蔵元に沢木は組織に殺されたようなものだと言ったそうだが、たしかにそういう見方もできる。沢木の死によって、巨悪が暴かれたのならともかく、結局、闇に葬りさられたんだからな。しかしね、島田くん、一度おいしい味を覚えた人間は、その味をなかなか忘れることはできんだろ。わたしは、東都建設と銀龍会、それに警察上層部に圧力をかけた大物議員とは今も関係をつづけていると睨んでいる」

大場はやけに自信たっぷりに言った。

「大場さんは、その政治家とは国土交通大臣の上代英造《かみしろえいぞう》じゃないかと思っているんじゃないですか？」

「あまり大きな声では言えないが、彼しか考えられんだろ」

四代に亘る政治家の家の長男に生まれた上代英造は、戦後一貫して政権を担ってきた前政権の民自党の代議士だった男である。

建設族議員だった父親の地盤を継いで衆議院議員に当選した彼は、史上最年少で建設大臣に就いたが、十年前、女性スキャンダルで民自党を離党した。

二十五年前、地上げに絡む飯田一雄殺害事件が起きたとき、東都建設と繫がりが深いとされた民自党の建設族の大物議員は上代を含めて数人いたが、政権が民自党から創生党《そうせい》に変わった今、上代以外の噂に上った政治家たちのほとんどがすでに死亡したか引退し、代議士をつづけている者もいるにはいるが、政治家としての力は無いに等しくなっている。

それに対して、上代英造は最大野党の創生党に入り、政権交代が実現すると、再び建設族議員として国土交通省の大臣という権力を握ることができたのだ。

「なあ、島田くん、わたしはこう思っているんだ。二十五年前、政治圧力によって捜査方針が変わり、残念なことに沢木が命を落とすことになってしまったのは悔しくてならない。しかし、その後も二課は捜査をやめてはいなかったに違いない。つまり、沢木が手に入れた証拠が生かされていたからこそ、今、上代国交大臣を追い詰めることができているんじゃないかとね」

（そうだろうか？　大場さんのその考えは、そうであってほしいという単なる願望に過ぎないのではないか……）

島田が返答せずにいると、

「君が今、心の中で思っているように、それはわたしの願望かもしれん。だが、そうでも思わないと、わたしの警察官人生までも否定しなきゃいかんことになる」

大場は、そう言うと料理を口に運び、それ以上沢木に関することについて話そうとはしなかった。

大場と会ってから四日経ったその日、島田は偶然にも中島が副署長を務める原宿署管内で起きた殺人事件の捜査本部から応援要請を受けて、青木とともに出向くことになった。

前日の十二月二十日の夜、神宮前《じんぐうまえ》六丁目のパレスコート神宮という十二階建てのマンションの十階の部屋で、住人の緒方睦子《おがたむつこ》という三十二歳の若妻がリビングで死んでいるのが発見されたのである。

「司法解剖の結果が出ましたので報告します。死因は前頭部の頭蓋《ずがい》骨陥没《かんぼつ》による脳挫傷。死亡推定時刻は午後八時から十時前後と思われます。凶器は死体のそばに落ちていた血のついたブロンズ製の置物。その凶器には複数の指紋がついており、マル害のものと一致するものもありました。また室内にも同数程度の指紋が発見されています。鑑識課からは、わかっていることは今のところ以上です」

原宿署の三階の会議室に設置された捜査本部の捜査主任の隣に座っている鑑識課長が言った。

「では、つづいて機捜からの報告を頼む」

捜査主任の新井《あらい》刑事課長が言うと、集められた捜査員の前列にいた三十代後半の捜査員が立ち上がり、

「第一発見者は、事件が発生した同夜の十一時半ごろ帰宅した夫の緒方昇《のぼる》、三十二歳。関東一円に居酒屋チェーンを展開している長谷川《はせがわ》フーズコーポレーションの社長です。緒方社長がマンションに帰ってきたとき、チャイムを鳴らしても奥さんが出迎

えることがなかった。外出しているのかと思い、ドアの鍵を取り出して鍵穴に差し込むと、鍵が開いていた。不審に思って部屋に入り、奥さんの名前を呼びながらリビングに行ったところ、奥さんが頭から血を流して死んでいたとのことです。また、着衣に乱れはなく、部屋を物色した形跡もないことから顔見知りによる犯行の線が濃いと思われます。わたくしからは以上です」

「マンションの住人からは何か聞けたか？」

新井刑事課長が言うと、さらに若い捜査員が立ち上がり、メモ帳を見ながら、

「はい。緒方夫妻は結婚して三年になりますが、子供はおりません。またマル害の緒方睦子は、長谷川フーズコーポレーションの会長、長谷川隆太郎《りゅうたろう》のひとり娘で、夫の緒方昇が社長に就いたのは長谷川隆太郎が体調を崩して入院することになったからのようです」

と言った。

「長谷川会長は、今も入院しているのか？」

新井刑事課長が訊いた。

「はい。病名は胃潰瘍《かいよう》で、現在も信濃町の慶應義塾大学病院に入院中です」

機動捜査隊の報告は、暗に第一発見者である夫の緒方昇も犯人の可能性はあるとい

うことを匂わせるものだった。

実際、死体の第一発見者が身内だった場合、その人間が犯人だったという例は意外に思うほど多いのである。

「念のため、夫の緒方昇のアリバイの確認を取る必要があるな。いずれにしろ顔見知りによる犯行の可能性は高い。緒方夫妻の交友関係の洗い出しと、引き続き犯人らしき人物を見ている人がいないかマンションの住人及び現場周辺の聞き込みを重点的に行う。班分けは、休憩二十分後だ。ひとまず解散――」

新井刑事課長がそう言うと、それぞれ会議室を出て行った。

「島田さん、ちょっといいですか？」

捜査会議室から青木とともに出ていこうとしていた島田に、新井刑事課長が声をかけてきた。

新井刑事課長は、島田よりいくつか年下で、これまでも何度も顔を合わせている。

「なんだい？」

「班分けですが、島田さんと青木警部補は、ガイシャの鑑《かん》取りをお願いできますか？」

「そりゃかまわないが――何かあるのか？」

鑑取りとは正式には「敷鑑《しきかん》捜査」と言う。被害者の交友関係や親族関係など周囲の関係者を調べるのだ。

プライベートな問題に立ち入って捜査しなければならないため、年配のベテラン刑事が任されることが多く、地域に詳しい所轄の刑事が選ばれるのが一般的なのだ。

新井刑事課長は、

「長谷川フーズコーポレーションは年商四、五十億円もある居酒屋チェーンで、その利益を社会貢献事業に使ったりとイメージアップに努めている会社です。そこの社長である緒方昇に話を聞くことになるとなれば、慎重にやらないといろいろとややこしいことになりかねません。ですからここは、島田さんに任せるのが一番だと思いましてね」

と言った。

鑑取りとなれば、長谷川隆太郎が入院している信濃町の慶應義塾大学病院にも足を運ぶことになる。

そこには、義父の河合敬一郎も大腸癌で入院しており、島田は見舞いを一度したきりで、忙しさにかまけてほったらかしにしていた。

「わかった。さっそく緒方昇に接触してみよう」

島田が言うと、

「お願いします」

と新井は軽く頭を下げた。

「あ、そうだ。中島副署長は元気でやっているかい？」
二、三歩いて思い出したように島田は振り返って訊いた。
「え、ええ。中島副署長とは？」

同期ではないはずだ――新井の顔に、そう書いてある。なのに親しいのはどうしてなのだろう？　と思ったのだろう。

親しくはないが縁は深い。だが、それを説明する必要はないし、厄介なことになるだけだ。

「昔、いっしょに捜査したことがあるんだ。顔を合わせたら、島田はまだ現場で老骨に鞭を打ってがんばっていると伝えてくれ」

島田は嫌味で言ったのではない。

もうおまえを裏切り者ではないかと疑ったりはしていない――そう暗に伝えたかったのである。

「わかりました」

と新井は安堵した顔を見せて答えた。

「中島副署長と昔いっしょに捜査したことがあるというのは、沢木さんの事件のときのことですか?」

原宿署を出て、捜査車両に向かいながら青木が訊いてきた。

「どうしてそう思ったんだ?」

島田が訊き返すと、

「中島警視は組織対策犯罪課の前身、捜査四課の出身だと聞いています。捜一の島田さんがいっしょに捜査したことがあるとなれば、そうじゃないかと——」

キャリアの青木の頭には、各所轄の管理職の名前と経歴がすべて入っているようだ。

(この男の脳は、いったいどうなっているんだ……)

今更ながら、東大卒で同期の中でトップの成績で警察庁に入ったという青木の頭脳明晰さに驚かされる。

「そうだ。中島警視は沢木の同僚だった。実直な男らしい。いっしょに捜査したといってても直接組んだわけではないから、あくまで人の評価でそう聞いただけだが」

捜査車両の運転席に青木、助手席に島田が乗って車を発進させて少しすると、

「最近になって沢木さんのかつての同僚の人たちにお会いになっているようですが、また新たに何かわかったことが出てきたんですか？」

と青木が訊いてきた。

「どうしてそんなことが君の耳に入った？」

島田は訝しい顔をして青木を見つめた。

「少し前に同期会があって顔を出したら、赤坂署と新宿署にいる同期の人間がそれぞれの署長の話になったんです。その中で、赤坂署の蔵元署長と新宿署の外山署長が、島田さんのことをいろいろ言っていたと聞いたものですから……」

青木は余計なことを言ってしまったと思ったのか、申し訳なさそうな声になって言った。

「そういう話をしていた君の同期は、彼らふたりをどう見ているんだ？」

島田が訊くと、

「どう見ていると言いますと？」

青木は意味を測りかねて、訊き返してきた。

「君たちキャリア組の警察官には、所轄の警察署長になるのはひとつの通過点にしか

過ぎないが、出世を望むノンキャリアの警察官にとっては最後の花道みたいなものだ。そういう彼らを君たち若いエリートはどう見ているのかと思ってね」

青木は、しばし考えるような顔つきをすると、

「島田さんが今おっしゃったとおりに見ていると思います」

と硬い表情で答えた。

「わたしの言ったとおり？」

「ええ。所轄署の署長は、だいたい二年から三年で代わります。キャリア組にとっては組織を統括するためのステップのひとつにしか過ぎませんが、ノンキャリアの警察官にとっては署長でいられる、その二年ないし三年は一国一城の主になった気分なんじゃないでしょうか？」

「そうかもしれんな」

島田は、あの蔵元署長の不遜な態度や傲慢《ごうまん》な物言い、抜け目がなく自信に満ちた外山の顔を思い出していた。

「ですから自分の意に添わないことを言う人間を目の敵《かたき》にするんでしょうね」

「ふふ。わたしは彼らの目の敵になっているらしいというわけか」

島田は自嘲の笑みを浮かべて言った。

「そのようですが、署長がその権力を行使できるのはその署内だけの話です。飛ばしてやるだのなんだの、そんなことはできるはずがないこともわからないのかと、その同期たちは呆《あき》れていました」

　そう聞いたら聞いたで、島田は物悲しい気分になってきた。

　まだ二十七、八歳の若い警察官に、命の危険に晒《さら》されながら何十年と現場を積み、やっと摑んだ署長の座に就いた蔵元や外山が鼻で笑われるのだ。

「わたしが沢木のかつての同僚たちと会っていたのは、ちょっと確認したいことがあったからだ。だが、彼らにしてみれば、そんな二十五年も前のことを蒸し返してどうする気だと不愉快に思ったんだろう」

　島田はあえてなんでもないことのような調子で言った。

　その確認したいこととは何なのか？――それを知りたいと、青木の顔に書いてある。

「青木くんは、二十五年前の飯田一雄殺害事件から沢木が殺されるにいたった捜査資料を読んでくれているんだったな」

「はい」

　島田が話す気になったと思ったのだろう、青木はうれしそうな声を出した。

「沢木の同僚だった中で一番年上の人間が、こう言った。東都建設と銀龍会の仲を取り持ち、あの新宿の富久町一帯の地上げを激しくさせて利益を得ようとした建設族の大物政治家は、今毎日のようにゼネコンからの不正献金問題でマスコミを騒がせている創生党の上代国交大臣じゃないかとね」

大場からそんな話を聞いた翌日、創生党の代議士で、上代英造の娘婿で懐刀ともいわれている幕田信二《まくたしんじ》の事務所に強制捜査が入り、上代大臣のところにも検察の手が伸びるのではないかとマスコミを賑わせている。

「その可能性は高いんじゃないですか？」

青木は迷うことなく答えた。

青木は青木なりに沢木殺しの真犯人だった野村健一を追い詰めた現場に立ち会った者として、日ごろからあの事件について考えていてくれているようだ。

「そうか……」

「島田さんもそう睨んでいるんじゃないんですか？」

青木は運転しながら、島田をちらっと見て言った。

「限りなくクロに近いとは思うが、なにしろ証拠がない」

大場は、沢木が野村から手に入れた証拠品を持ち去ったのは二課の捜査員ではないかと言った。それが今の上代国交大臣を追い詰める手がかりになっているに違いないとも言ったが、はたして本当にそうなのだろうか？

もしそうであるならば、マスコミに上代英造は広域指定暴力団の銀龍会と繋がりがあるという情報をリークされて騒がれてもいいのではないかと思うのだが、それがないことを考えても島田は、大場の言ったことをそのまま信じる気持ちになれないでいる。

「それで、島田さんが沢木さんの同僚たちに確認したかったこというのは、どんなことなんですか？」

「ああ、たいしたことじゃない」

島田は、それきり口をつぐんだ。

青木のことを信用していないわけではないのだが、若いキャリアの青木には、まだ話すことではないような気がしたのだ。

長谷川フーズコーポレーションの本社は、新宿の高層ビルの三十階のフロアすべてを借りて入っている。

正社員は二百人ちょっとだが、契約社員やパート従業員を入れるとその五倍の千人以上の人間が働いているという。

「二十日の午後八時から十時の間、どこにいたか？　ですか――」

新宿一帯が見渡せる社長室のソファに座って、島田と青木のふたりと対峙している緒方昇は、落ち着いた口調で質問を繰り返した。

緒方昇は背が低く小太りで、高級そうなスーツに身を包んでいるが、とても二枚目とはいえない顔立ちをしている。

「ええ。確認です」

島田が答えた。

「確認？――別の刑事さんに帰宅したのは午後十一時半ごろだったと言ったんですがね。マンションの入口に設置されている防犯カメラに、わたしの姿が映っていると思いますが――」

「今、マンションの管理会社を通して、その防犯カメラの映像を提供してもらうよう頼んでいます。しかし、わたしたちが知りたいのは、奥さんが事件に巻き込まれたと思われる午後八時から十時前後、あなたがどちらにいたかということなんです」

そう島田が言うと緒方は、

「つまり、アリバイというやつですか？」

と皮肉な笑いを浮かべて言った。

「ええ。どうか気分を害さないでください。被害者に関係のある人すべてに一応、念のためお訊きするのが決まりのようなものでして――」

「わかりました。あの日は会社を出たのが八時ごろで、それからは車で都内をドライブしていました。趣味なんです。頭を空っぽにしたいとき、首都高をぐるぐる回るのが――」

「そうですか。三時間以上も、ひとりでドライブですか？」

「おかしいですか？」

「いいえ、食事を取っていなかったらお腹がすくだろうと思いまして」

「ああ。夕方からの会議が長引いたもので、仕出し弁当を食べながら会議をしていましたからね」

と、ノックの音がしてドアが開き、秘書らしき女性がコーヒーを運んできた。

「秘書の篠原《しのはら》君です。篠原君、二十日の夕方は幹部会議が長引いて、弁当を取ったこと、覚えているよね？」

秘書の篠原女史は唐突な質問に一瞬、考える顔になったが、

「――はい。わたくしが注文をしましたから」

とすぐに答え、島田と青木の前に出されていたお茶をどかし、コーヒーを差し出した。

「わたしが会社を出た時間は覚えているかい？」

緒方が訊くと、

「少々、お待ちください」

と言ってコーヒーを運んできたトレイをテーブルの隅に置くと、ポケットから手帳を取り出した。

「はい。八時少し過ぎに退社なさっています」

秘書の篠原は二十代後半か三十歳に手が届くかどうかの年齢で、かなりの美人だが感情というものが声にも表情にもない。

「ありがとう。もう下がっていいよ」

緒方が言うと、篠原女史は軽く頭を下げ、お茶をトレイに載せて部屋を出ていった。

島田は聴取をつづけた。

「社長がご自宅に戻られたとき、部屋のドアには鍵がかかっていなかったんですよね？」

「ええ」

「あなた方ご夫婦のほかに部屋の鍵を持っている人というのは、いらっしゃいますか？」

島田が言うと、緒方は少し考える顔になって、

「いないはずですが」

と言った。

「あなた方のそれぞれのご両親も合鍵は持っておられない？」

「わたしの両親はとっくに亡くなっていますし、妻の母親も五年前に亡くなっています。義父がウチに来ることはまずありませんので、鍵を渡す必要はありません」

「ひとり娘なのに？」

「ああ、妻が実家に行くことはよくありますよ」

「なるほど。ご実家はたしか――」

「田園調布《でんえんちょうふ》です」

「会長の長谷川隆太郎さんは、入院なさっているそうですね？」

「ええ。胃潰瘍《かいよう》で。もうしばらく入院が必要だということです」

島田は、秘書の篠原女史が運んできてくれたコーヒーをブラックのままひと口啜《すす》っ

て、

「ということは、奥さんは、事件があった二十日の夜、訪ねてきた誰かを家に入れ、そこで事件にあったことになりますね」

と考えをまとめるように言った。

「そう考えるのが自然でしょうね」

「よくお宅に訪ねてくる、奥さんの親しい方を知っていたら教えてほしいのですが？」

「学生時代の女友達が何人かいます。今、名前まではちょっと思い出せません。一度か二度会っただけですから。妻の携帯電話に入っている女性の名前は、ほとんどが学生時代からずっと付き合いのある人たちです。警察にあるんですよね？　妻の携帯電話」

「ええ。では、そこから当たってみます」

「すみません。そろそろいいですか？　これから会議があるもので、目を通しておかなければならない資料がたくさんあるんですよ」

緒方は、ソファから腰を浮かせた。

「もうひとつだけ――奥さん、何かトラブルを抱えていたようなことはなかったですか？」

島田は手で制して訊いた。

「トラブルですか？……」

緒方はソファに座りなおして考えている。

「何かに悩んでいたとか、人に恨まれていたというようなこととか――」

「いえ、妻に悩んでいるような様子はありませんでした。まして、人に恨まれるだなんてとんでもないですよ」

「そうですか。わかりました。今日のところはひとまず引き上げますが、またお話をうかがいにくるかと思います。そのときはまたご協力をお願いします」

「もちろんですよ。一刻も早く犯人を捕まえてください」

社長室を出ると、女性秘書の篠原女史の部屋があり、島田と青木はそこを通って廊下へ出なければならない。

島田と青木の姿を認めた篠原女史は、さっと立ち上がるとドアに向かい、ノブに手をかけた。

「ご苦労さまでした」

篠原女史は感情を表さずに、抑揚《よくよう》のない声でそう言うと、儀礼的に頭を下げて島田と青木を見送った。

「どう思った？　あの緒方社長」

エレベーターを待ちながら、島田が青木に訊いた。

「はい。悲しんでいるようには見えませんでした。結婚して三年といえば、まだ新婚なのに悲しんでいるふうにも犯人に怒っているふうにも見えなかったですね」

「わたしも同じ感想を持った――」

「次は誰を当たりましょう？」

「入院しているという会長に会いにいってみよう。ああ、そうだ。捜査本部に連絡して、君のパソコンにガイシャの携帯電話の電話帳と通話記録を送ってもらってくれないか」

「わかりました」

青木が答えたのと同時に、タイミングよく高速エレベーターがやってきてドアが開き、島田と青木は長谷川フーズコーポレーションをあとにした。

長谷川隆太郎が入院している信濃町の慶應義塾大学病院には、昼飯を食べ終えた午後一時過ぎに聴取に向かった。

長谷川隆太郎の病室は、ちょっとした企業の会長だけあって広い個室だった。

「体調を崩されているところに、お嬢さんがあのようなことになって、なんと言っていいか言葉もありません」

担当医師の許可を得て病室に入った島田は、長谷川隆太郎の顔を見て正直なところ、ぎょっとした。

胃潰瘍の手術をしたと聞いていたのだが、死相が出ているといったらいいのだろうか、目は落ちくぼみ、見えている腕は骨と皮だけになっているのだ。

緒方昇の社長室の壁に飾ってあった長谷川隆太郎のふくよかな顔とはまるで別人のようだった。

まだ六十二歳だが、八十歳を過ぎていると言っても人は信じるだろうと思うほど老いて見え、枯れ枝のようになっているその腕に点滴の針が刺さっている。

医師の話ではいくつもあった潰瘍を摘出し、食事が取れるまでには、まだ時間がかかるということだ。

「娘を――睦子を殺《あや》めた犯人の目星はまだつかんのですか？」

痩《や》せ衰えたその体のどこにそんな力が残っているのかと思うほど、長谷川隆太郎の声ははっきりしていた。

「ええ、今のところはまだ——しかし、捜査員一同、全力を上げて捜査に当たっていますので、近いうちに必ず犯人を逮捕します。そこでいくつかお聞かせ願いたいことがあるのですが、現場の状況から、犯人はお嬢さんの顔見知りによる怨恨の線が濃いのではないかと我々は見ています。どんなことでも結構です。犯人の心当たりはありませんか？」

島田がそう言うと、長谷川隆太郎は落ちくぼんだその目を閉じ、じっと考えるような顔になった。

「ひとり娘ですからな。たしかにわがまま放題に育ててしまった。しかし、人に殺められるほど恨まれるということはないと信じたいが——」

長谷川隆太郎は、そこまで言って言葉を濁した。

「信じたいが？」

島田が促したが、

「わからない。どうして娘が殺されたのか……」

と力なく言った。

「お嬢さんと最後に会われたのは、いつですか？」

「時間はまちまちだが、毎日顔を見せてくれていた」

「では、昨日もここにいらしたんですか？」

「ああ。午後四時くらいだったかな。予約してある美容室に行く途中に寄ったと言っていた」

それまで黙っていた青木が口を開いた。

「つかぬことをうかがいますが、緒方昇さんとのご夫婦仲はどうだったんでしょう？」

と、それまで天井に目を向けていた長谷川隆太郎が、ジロリと落ちくぼんだ目を向けた。

「どういう意味かね？」

「こちらにうかがう前に、緒方社長にもお話を聞いたのですが、亡くなられた奥さんの友達の名前もよく知らないと言っていました。結婚して、まだ三年だというのに、あまり会話がないのかなと思いまして――」

青木が動じることなく言うと、

「緒方は仕事熱心な男だからな。帰りも遅いし、休みの日も会社に出るような男だ。娘のプライベートには干渉しないんだろう」

と長谷川隆太郎は答えた。

「お嬢さんと緒方社長は、どこでお知り合いになったんですか？」

島田が訊いた。

「ああ。緒方はウチの店の店長だった男で、他店と比べて、ずば抜けて売上げを稼いでいてね。それで、どんな男なのか見に行ったら、このわたしが驚くほど仕事熱心な男だった。この男なら娘と結婚させて会社を継がせてもいいかなと考えて、娘と結婚させたというわけだ」

いわゆる〝逆玉〟というやつだ。被害者となった娘の睦子よりこの父親のほうが、緒方を気に入ったということのようだ。

妻が何者かによって殺されたというのに、緒方昇が悲しんだり悔しがる様子も見せずに冷静だったのは、結婚の経緯がそういうことだからなのだろうか？

「わかりました。あまりお時間をとらせては体にさわるでしょうから、今日はこれで失礼いたします」

島田と青木が座っていたベッドの近くのパイプ椅子《いす》から立ち上がると、

「刑事さん、二日後にもう一度来てくれんか？」

唐突に長谷川隆太郎が言った。

「二日後？」

島田が訊くと、

「うむ。そのころになれば、話すことができるかもしれん」

と長谷川隆太郎は答えた。

「犯人に心当たりがあるんですか？」

「とにかく二日後に――」

長谷川隆太郎は、そう言うと目を閉じた。

「わかりました。では、二日後にうかがいます」

病室を出ると、

「どういうことなんですかね？」

と青木が声を低くして訊いてきた。

「心当たりはあるが、今は話せない――そういうことかもしれんな」

エレベーターに向かって、来た廊下を歩いていると、

「あ、島田さん、お義父さんに会っていかれるんですよね？」

と青木が言った。

「ああ。どうしたものかと思っていたんだが――」

島田が口ごもると、

「まだ一度しかお見舞いに行ってないそうじゃないですか。せっかく同じ病院に来ているんですから、顔を見せたほうがいいんじゃないですか？」

と青木が言った。

「瑠璃が何か言っていたのか？」

島田がまだ一度しか義父を見舞っていないことなど、娘の瑠璃の口からしか知り得ようがない。

「あ、いえ、特には――」

青木は困った顔になっている。

「そうだな。ちょっとだけ顔を出してみるか。仕事で同じ病院に行ったのに、義父のところに顔を出さなかったなんて瑠璃に知られたら、何を言われるかわかったもんじゃないからな」

島田が苦笑して言うと、

「島田さん、ボクからそんなことは絶対に言いませんよ」

と青木は慌てて言った。

「わかってるさ。冗談だ」

青木はホッとした顔になると、

「あの、ボクもごいっしょして、ごあいさつしていいですか？」

と遠慮がちに言った。

「あいさつ？」

島田は面食らったように歩くのを止めて、青木の顔を見て言った。

「え？　あ、はい。ですから、あの、あれですよ。島田さんとペアを組ませてもらっている同僚の捜査員としてですよ？」

(それ以外に何があるっていうんだ!?……)

島田はそう言ってやりたいのを堪えて、

「捜査中だし、ほんの少ししか時間は取れんがな――」

と言って、河合敬一郎のいる病棟へ向かうことにした。


「いったいどうしたんだね？」

島田と青木の姿を見たとたん、河合敬一郎は本当に驚いたという顔をして言った。

しばし見ないうちに、河合敬一郎は前よりもいっそう小さくなっている気がして、
島田は胸が痛んだ。

「すみません、突然。捜査の一環で、どうしても話を聞かなければならない人が、偶

然にもこの病院に入院中なもので——あ、こっちはいっしょに捜査している青木警部補です」

島田が青木を紹介すると、

「ああ、あなたが青木さんですか。孫の瑠璃がいろいろとお世話になっています」

と青木が何か言おうとしている前に、河合敬一郎は姿勢を正して言った。

島田は訝しい顔をして河合敬一郎と青木の顔を交互に見つめたが、青木はそれを無視するかのように、

「いえ、とんでもありません。ボクのほうこそ島田さんと瑠璃さんにはいろいろとお世話になっています」

と河合敬一郎に向かって深々と頭を下げた。

「まあまあ、座ってください」

河合敬一郎はベッドの近くにあるパイプ椅子に座るように島田と青木に勧めたが、

「わたしたちは、これからまた人に会いにいかなければならないので、ゆっくりはできないんです」

と島田が言うと、

「そうか……」

河合敬一郎は、これまで見たことのない寂しそうな顔をして見せ、島田を驚かせた。

「じゃ、ほんの少しだけ——青木くん、いいかな？」

島田がそう言うと青木はにこやかな笑みを見せて、

「もちろんです」

と椅子に腰をかけた。

「昨日も瑠璃が来てくれた」

河合敬一郎が目を細めて言うと、

「そうですか」

島田と青木が同時に同じ答えをし、睨《にら》み合う格好になった。

「瑠璃さんは、やさしいですからね」

青木が取り繕《つくろ》うように言うと、河合敬一郎はさらに目を細めて、

「あの子は小さいときからやさしい子でなぁ——」

と瑠璃の子供時代の話をしはじめ、青木は大げさに驚いたり声をあげて笑ったりして、島田だけ蚊帳《かや》の外に置かれた感じのまま三十分ほど経ってしまった。

「青木くん、そろそろ行こうか」

義父の話の切れ目をすかさず突くようにして、島田が言うと不機嫌になって言ったわけではないのだが、青木は顔を強張らせて、

「申し訳ありません。では、失礼します」

と島田と河合敬一郎に慌てて頭を下げた。

「島田さん――」

パイプ椅子から立ち上がって背を向けた島田に河合敬一郎が声をかけてきたので振り返ると、痩せ細った手でおいでと呼んでいた。

島田が近づくと、河合敬一郎は、

「文句のつけようがない青年じゃないか。瑠璃にお似合いだと、わたしは思うが、島田さんは何か不満でもあるのかね？」

と小さな声で訊いた。

ちょくちょく見舞いに来てくれている瑠璃は、青木と時折会っていることなども話しているようだ。

その青木は病室の入口で、手持無沙汰でいる。

「いえ、不満など何もありません。瑠璃が何か言ってるんですか？」

島田は、青木と瑠璃が似合いだとは思っていないが、言葉どおり特にふたりの関係

に不満があるというわけではない。

「いや、そうじゃない。ならいいんだ。仕事がんばってくれ」

「二日後に、ここに来ることになっていますから、そのときにまた顔を出せると思います。それでは――」

（青木と瑠璃がお似合い？……）

青木のもとに行きながら、義父の言葉を思い返していた島田の脳裏に、ふと緒方昇と殺された妻の睦子の整った美しい顔がフラッシュバックした。

（あのふたりは、見た目はどう見ても似合いのカップルには見えないな……）

島田は、青木も疑問を持った夫婦仲について、殺された妻の睦子と親しかった友人と会って訊いてみようと改めて思った。

慶應義塾大学病院を出た島田と青木は、いったん原宿署の捜査本部に戻ることにした。

捜査本部から青木のパソコンに送られてきた殺された緒方睦子の携帯電話の電話帳や通話履歴から、親しいと思われる人間を選び出して連絡を取ってみたのだが、どの人も仕事中で夜にならないと時間が取れないと言われたのだ。

そして、捜査本部に他の班から情報はないかどうか連絡を入れると、現場マンションの入口に取り付けられている防犯カメラの映像が届き、犯行が行われた日にマンションに出入りする人間をチェックしたところ、午後九時過ぎにマンションから逃げるようにして出ていく男の姿が映っていたというのである。

緒方睦子の死亡推定時刻は午後八時から十時であるから、かなり怪しい人物ということになる。

島田と青木が捜査本部に入ると、新井刑事課長が待っていたとばかりに手を上げて呼んだ。

新井刑事課長の周りでは、三十代の所轄の捜査員ふたりが画面を食い入るように見つめている。

「おい、さっきの男をもう一度見せてくれ」

新井刑事課長が若いほうの捜査員に言い、録画機を操作させると、

「この男です――」

若い捜査員が誰に言うともなく言い、モニターにマンションのエレベーターからしゃれたコートを着た背が高く痩せ気味の若い男が出てきて、防犯カメラがあるのに気づくと腕で顔を覆うようにして足早に出ていく映像が映し出された。

録画時間を見ると、午後九時八分と表示されている。

「たしかに挙動不審だな。この男がマンションに来たときの映像は？」

島田が言うと、

「はい――これです」

若い捜査員が録画機を巻き戻して映像を見せた。時間は、午後八時五十六分。さっきの若い男がマンションの入口のオートロック式のドアを、住人のように暗証番号を使って開けたのがわかった。

「マンションに入るときは、特に挙動不審ということはないな。しかし、それから十二分後には顔を隠すようにしてマンションから出て行っている……」

島田がひとり言のように言うと、

「ともかく、この男の顔をトリミングして、この男がどの部屋の住人を訪ねてきたのか聞き込みをするんだ」

と新井刑事課長が近くにいる捜査員ふたりに指示した。

と、そこへ、

「課長！」

鑑識課員のひとりが勢い込んでやってきた。

「どうした?」

「はい。部屋にあった指紋は全部で四種類あったんですが、念のため、その四種類を前科者リストに照合してみたんです。そうしたら、緒方昇に傷害の前科があることがわかったんです」

「なんだって⁉」

新井刑事課長は声をあげて驚いたが、島田も青木も、そこにいたふたりの捜査員たちも色めき立った。

「十八歳のときにケンカで人をナイフで刺して、一年二カ月の実刑を食らっているな……それが今や、年商四、五十億円の会社の社長か。ま、改心した前科者の成功例というわけか」

「あ、そうだ。課長、防犯カメラには緒方昇が帰宅したという時間に、彼の姿は映っていたかい?」

島田が訊いた。

「ええ。映っていましたよ。おい、その映像、出してくれ」

若い捜査員が録画機を操作して、すぐに午後十一時三十三分の映像を取り出し、緒方昇がマンションにやってくる姿をモニターに映し出した。

「間違いなく緒方昇だな」

「ええ――」

島田と青木が言うと、

「で、緒方昇のアリバイはどうでした？」

新井刑事課長が訊いた。

「はい。午後八時に会社を出て、首都高などをひとりでドライブしていたと言っています」

青木が言い、

「課長、念のためNシステムで確認取ってみてくれないか」

と島田が言った。

Nシステムは、自動車ナンバー自動読み取り装置のことである。幹線道路や高速道路の入口に設置されていて、その機械の下を通過するとナンバー及び運転席と助手席の映像が記録されるのだ。

一台設置するのに一億円かかると言われ、プライバシーの侵害だと問題視する声もあるが、車で逃亡する犯罪者の追跡や割り出しに大いに役立っている。

「しかし、今見たとおり、緒方昇が帰宅したのは午後十一時三十三分だったことがさっきの防犯カメラの映像ではっきりしてるじゃないですか」

咎《とが》める口調ではなく、Nシステムで確認する理由がわからないという言い方で新井刑事課長は言った。

「このパレスコート神宮というマンションは、この正面入口の他に非常用出入口はないのか？」

島田が若い捜査員に目を向けて訊くと、

「当然あります。ちょうどマンションの正面の真裏で、駐輪場に出られるようになっています」

と答えた。

「非常用の出入口に防犯カメラは？」

青木が訊いた。

「ありません」

島田と青木は顔を見合わせた。同じことを考えているのだ。

それに気づいたように新井刑事課長は、

「つまり、完全なアリバイがあるとはいえない緒方昇が、そこから出入りして犯行を行ったということもあり得なくはないということか……」

と自分を納得させようとするかのように言った。

「あくまで、その可能性もなくはないということだ。もちろん緒方昇に前科があると聞いて、思いついたわけでもない。ただ義父に当たる長谷川会長にも会ってきたんだが、妙なことを言ったんだ」

「妙なこと？」

「ああ。二日後に病院にもう一度来てくれ。そうすれば話せることがあるというんだ」

「どういうことです？」

「犯人に心当たりはあるが、今は話せない――そういうことじゃないかと思うんだが、とにかくあの家族に関わることのような気がするんだ」

島田がそう言うと、

「そうか。今回のヤマは、かなり狭い人間関係の中で起きたものかもしれんな。わかりました。緒方昇が二十日の午後八時から十時の間、本当に都内及び首都高速をひとりでドライブしていたかどうかNシステムで確認してみましょう」

と新井刑事課長は言った。

被害者の緒方睦子と学生時代から最近まで一番親しくしていた女友達の牧瀬亮子《まきせりようこ》と、島田と青木が会えたのは、午後八時を過ぎたころだった。

牧瀬亮子は渋谷《しぶや》のファッションビルの中でランジェリーショップを経営しており、その店の奥にある事務所に八時ごろには手が空くので来てくれるように言われたのである。

商売柄、身なりや美容にもかなり気をつけているのだろう。緒方睦子も三十二歳にしては若く見えたが、牧瀬亮子は独身でもある分もっと若く見え、二十代で通るのではないかとさえ思えた。

「夫婦仲ですか？　睦子があんなことになっちゃったから言っちゃいますけど、はっきり言えば、あの夫婦は仮面夫婦でしたよ」

夫婦仲はどうだったのかという青木の質問に、牧瀬亮子はあけすけな口調で答えた。

「つまり、表向きは仲良く見せていたけれど、実は冷え切っていたということですか？」

島田は聴取を齢の近い青木に任せている。

「睦子の旦那には会ったんですよね？」

「ええ」

青木が答えると、牧瀬亮子は鼻で笑うように、

「じゃあ、わかるでしょ。睦子は大学のミスコンで選ばれたくらいの美人なのよ？　それに比べて、あの旦那は大学も出ていなければ、見た目だってあんなんだもの。あのプライドが高くて、わがままな睦子がどうして緒方さんと結婚したのか、不思議でならなかったわ」

と言った。

「どうして睦子さんは、緒方さんと結婚したんでしょう？」

青木がしらばっくれて訊くと、

「パパの命令だからとは言ってたけど——どうも納得できないのよねえ……」

と牧瀬亮子は首をかしげている。

「納得できないと言うと？」

青木の問いに、

「睦子はひとり娘で、わがまま放題だったけど、父親はそんな睦子を叱ったことなんて一度もなかったし、好き勝手させていたのよ？　だから、睦子があんな人と結婚するのはイヤだと言えば、あのパパならそうかそうかってことになったと思うのよ」

と、どうにも納得がいかないというふうな顔で答えた。

「睦子さん本人に、そこのところを訊いたことはないんですか？」

「あるわよ、もちろん」

「なんて言っていたんですか？」

「一回くらいパパの言うことを聞いてあげなきゃと思ってねって言ってたわ」

「一回くらいって——結婚ですよ？」

青木は呆れた声を出した。

すると牧瀬亮子は、

「結婚といったって、はじめから家庭内別居で、寝室から何から別々だったし、お互いのことには干渉しないことって約束してたらしいわよ。だから、仮面夫婦って言ったのよ。実際、睦子には愛人がいたし、旦那さんの緒方さんにも愛人がいるらしいって言ってたもの」

と、さらに驚くようなことをさらりと言ってのけた。

「それは本人から聞いたんですか？」

はじめて島田が口を開いた。

「え、ええ。そうよ」

牧瀬亮子は、どきりとした顔になって答えた。

「あなたは睦子さんの、その愛人が誰なのか知っているんですか？」

「それは……」

牧瀬亮子が口ごもると、

「もしかすると——緒方睦子さんの愛人というのは、この人じゃないですか？」

島田は胸の内ポケットから一枚の写真を出して見せた。現場マンションの防犯カメラに映っていた、あの挙動不審の若い男の映像を拡大してトリミングしたものである。

呆気にとられたようにぽっかりと口を開けていた牧瀬亮子は、

「そうです……この人です」

と写真を食い入るように見つめて言った。

やはりそうだった。この写真を捜査員全員に渡し、現場のマンションのパレスコート神宮の住人ひとりひとりに、この写真を見せたのだが、この男が訪れたと言った住人は、まだ現れていなかったのである。

「実は、緒方睦子さんが殺された二十日の夜、この男が彼女のマンションに行っているんです。この写真は、そのときに防犯カメラに映っていたものを拡大したものものです」

島田が言うと、牧瀬亮子はくわっと目を見開き、

「――まさか……」

と右の手のひらを口にもっていき、脅えた顔になった。

「この男が緒方睦子さんを殺した犯人かどうかはまだわかりません。しかし、彼女の死亡推定時刻は午後八時から十時。そして、この男が彼女のマンションに行った時間が午後九時前後なんです」

「そんな……」

牧瀬亮子の顔から見る見るうちに血の気が失せていった。

「この男の名前と連絡先、教えてもらえますね？」

島田が諭すように言うと、

「入江祐一《いりえゆういち》と言います。自由《じゆう》が丘《おか》のロッソという美容室で働いている美容師です……」

と牧瀬亮子は素直に答えた。

「ありがとう。それからもうひとつ答えてください。あなたはさっき、夫の緒方昇にも愛人がいると睦子さんから聞いたと言いましたが、その人のことは？」

島田が訊くと、

「知りません。本当です。わたしも睦子に、あなたはその人のこと知っているのって訊いてみたんですけど、睦子は知らないし、興味もないって言ってました」

と脅えた顔のまま答えた。


「おれは殺《や》っていない。本当です。信じてください」

取調室で、入江祐一は華奢《きやしや》な体をぶるぶると震わせながら泣きそうな顔になって、何度も同じ言葉を繰り返した。

島田と青木は牧瀬亮子の店から出ると、すぐに新井刑事課長に牧瀬亮子から聴取した内容を伝え、入江祐一を任意で事情聴取という形で引っ張ることにしたのだった。

島田と青木が捜査車両で自由が丘のロッソという美容室に行き、防犯カメラに映っていた写真と牧瀬亮子から聞いた内容を話し、原宿署に任意同行を求めると入江祐一は観念したようにうなだれて応じた。

しかし、二十日の夜、緒方睦子のマンションの部屋に行ったことは認めたが、自分は殺してなどいないと頑として否認した。

入江は事件のあった前日に、緒方睦子から二十日の夜の九時にマンションに来てほしいというメールを携帯電話で受けたのだという。

そして、九時少し前にマンションに着き、オートロック式のドアのため緒方睦子の部屋である一〇〇三号室を呼び出したのだが、応答がなかった。

入江は、睦子がきっとシャワーでも浴びているのだろうと思い、以前から聞いていた暗証番号を打って入口のドアを開けて部屋に行き、チャイムを鳴らしてみたが、まるで出てくる様子がなかった。

そこでよほどのときでない限り使わないでと言われていた合鍵を取り出して、ドアを開けようとすると、すでに部屋の鍵は開いていたのだというのである。

「――それで、おかしいなと思って、奥さんて声をかけてみたんですけど返事がなくて……恐る恐る部屋に入っていったんです。そしたら、リビングに入るドアが開いてて、近づいたら倒れている奥さんの足が見えたんです」

「それで？」

青木が促した。その横で、島田は黙って見守っている。

「そのときは、まさか死んでるなんて思わなくて――もしかしたら、長風呂し過ぎてのぼせでもして気を失ってるのかなと思って、リビングに入ったら、奥さんが仰向けになって頭から血を流して死んでいたんです」

そのときのことをありありと思い出しているのだろう。入江は体をさらに大きく震わせはじめた。

「どうしてすぐ救急車か一一〇番しなかったんだ？」

青木が言うと、

「そんなの、できるわけないじゃないすか。そんなことしたら、おれと奥さんのことバレバレになっちゃうし――」

と入江は、ほとほとまいったという顔をして答えた。

「そもそもあなたと緒方睦子さんとは、どういう関係なんだ？」

「どういうって――奥さんからしたら、おれ、若いし、ちょうどいい浮気相手だったんすよ」

入江祐一は二十八歳で、緒方睦子より四歳年下である。

「あなたは、奥さんのことをどう思っていたんだ？」

「どうって……指名してくれるいい客だし、会ってセックスすれば金くれるし――おれはおれで、いい金づるだなって……だから、奥さんが死んで、おれだって困るっていうか――だから、おれが殺すはずないっすよ……」

入江が嘘をついているようには見えない。事実、ドアノブや室内には入江の指紋は検出されてはいたが、凶器のブロンズ製の置物には入江の指紋はついていなかったことが取調べ中に鑑識課で鑑定した結果、わかったのだ。

どうしたものですか？——青木はそう言いたげに島田の顔を見た。

「緒方睦子さんを殺した犯人に心当たりはないか？」

島田は、ずばり核心を突いた。

入江の目が泳いだ。

「あるんだな？」

「ないっすよ……」

入江は島田の視線を外して、小さな声で言った。

（ある——）

島田は、

「そうか。じゃあ、思い出せるまで床の冷たいところで寝泊まりしてもらうか」

と言いながらあくびをして、椅子から立ち上がった。

「刑事さん、勘弁してくださいよ。そんなことしてたら、おれ、美容室、クビになっちゃうじゃないすかぁ」

入江はべそをかいている。

「思い出したろ？」

島田は机に両手をついて、ぐいっと入江を見つめた。

「心当たりっていうか……ちょっとびっくりするようなこと、言われたことはあります」

観念したように入江は口を開いた。

「どんなことだ？」

「旦那を殺してくれないかなあって――」

「ほお――で？」

「あ、いや、でも、あれっすよ。冗談ぽくですよ」

入江は、急にあわてふためきだした。

「で？」

「だから、心当たりっていうか――もしかしたら、奥さんがそう思ってること、旦那もわかっているんじゃないかって……」

「なるほどな。つまり、殺される前に殺してしまえと旦那が思ってやったんじゃないかと言いたいわけか？」

「はは……そんなわけないっすよね？　ははは」

入江は、引きつった笑いを見せた。

しかし、入江の言い分は、辻褄が合っているように島田には思えた。

となると問題は、やはり緒方昇のアリバイということになる。

「しかし、殺したいほど旦那のことが嫌いなら別れればいいだけのように思うんだが、どうして奥さんは離婚しなかったんだろうな？　そこのところは、何か聞いているか？」

「旦那が応じてくれないって言ってました。離婚て、よっぽど相手の弱みを握らない限り、裁判しても思うようにならないとも言ってたなあ……」

入江はだんだん落ち着きを取り戻してきたようで、いろいろと思い出しているようだ。

「しかし、旦那にも愛人がいたらしいじゃないか」

島田が水を向けると、

「そうなんすよ！」

と入江は、いいタイミングで思い出させてくれたとばかりに島田に人差し指を向けて言った。

「奥さん、旦那にも愛人がいるんだから、自分が浮気したって平気だからって、おれをマンションに呼んだんですよ。だから、おれも旦那の浮気相手の証拠を握れば、離婚できるんじゃないの？　って言ったんですよ。そしたら、パパが許さないって――」

「パパって長谷川会長のことか？」

「たぶん――」

「会長が許さないって、どういうことだ？」

「よくわかんないすけど、社長夫婦が離婚するなんて企業イメージが悪くなるって叱られるって。意味わかんないすよね？」

（どういうことだ？　居酒屋チェーンが、どうしてそこまで会社のイメージダウンを気にするんだろう？……）

いくら考えてもわからなかった。

「よし、わかった。今夜はもう遅い。おまえは、ひと晩、ここに泊まっていけ」

島田が言うと、

「ちょ、ちょっと待ってくださいよ。さっき心当たり思い出したら、帰してやるって言ったじゃないすかぁ!?」

と入江は、笑い泣きの顔になって訴えた。

「そんなこと言ったか？」

島田はとぼけた顔で青木を見ると、

「記憶にないですねえ」

と真面目な顔で青木が答えた。

「心配するな。明日の朝早く起こして、もう一度だけ事情聴取したら帰してやるよ」

島田はそう言って、外で待機していた制服警察官を呼んで、入江を留置所に連れていくように指示した。


翌日、島田と青木は再び、新宿にある長谷川フーズコーポレーションの社長室を訪れることになった。

「今日はどんな用件ですか？」

緒方昇は、うんざりした顔でふたりを迎えた。

「緒方社長、もう一度、十二月二十日の夜の八時から十時までの間、どこで何をしていたか教えていただけますか？」

島田がゆっくりと言った。

「何度訊けば気が済むんですか。昨日、言ったばかりじゃないですか。会社を八時ご

ろに出て都内を車でドライブして、マンションに帰ったのは十一時半ごろだって
――」

「ええ。たしか首都高をぐるぐる車で走りまわるのが趣味だっておっしゃいましたよね？」

「ああ。だからどうしたというんですか？」

「緒方社長、Ｎシステムというのをご存じですか？」

島田が言うと、

「！――」

緒方昇は絶句し、口を半開きにさせて顔色が一気に蒼白になっていった。

「そうなんです。あなたは二十日の夜の八時から十時までの間は、首都高を車で走ってなんかいなかったんですよ。緒方社長、どうしてそんな嘘をつかなきゃならなかったんです？」

緒方昇は両手を膝に置いて目を落とし、じっと何かを考えているようだ。

おそらく脳をフル回転させ、この場をどう凌《しの》ぐことが最善な方法かを必死になって考えているのだろう。

「署までご同行願えますか？」

島田と青木がソファから立ち上がると、

「い、いや、待ってくれ。わかった。言う。言えばいいんだろ。実は、二十日の夜のその時間、つまり八時から家に帰るまでの時間は、ある女性の部屋にいたんだ。本当だ」

緒方昇は、必死の形相でまくしたてた。

「そうですか。では、その女性に確認を取らせてください。名前と連絡先を教えてもらえますか？」

島田が言うと、緒方昇は立ち上がってデスクに向かうと電話をオンフックにして、

「篠原君、すぐに来てくれ」

と言った。

「はい――」

秘書の篠原女史の感情のない声が返ってきて少しすると、

「失礼いたします」

と社長室に入ってきた。

「この篠原君の部屋にいたんだ。なあ？　篠原君、二十日の夜、八時から家に帰るまでの間、わたしは君の部屋にいたんだったよな？」

緒方昇はすがるような顔つきで言った。

しかし、篠原女史は、

「は？」

と聞き返し、小首をかしげた。

「おい、今は緊急事態なんだ。もうおまえとの仲を隠している場合じゃないんだよ。いいんだ。あとはわたしがなんとでもする。だから、ここにいる刑事さんたちに証言してくれ。二十日の夜八時からのわたしの行動を――」

緒方昇が引きつった笑いを浮かべて言うと、

「昨日も言ったので覚えています。社長は午後八時には会社を退社なさっています。それ以降のプライベートな行動のことまでは、わかりかねます」

篠原女史は、顔色ひとつ変えずに答えた。

「おい、何を言ってるんだ。わたしは、君の部屋のソファでうたたねしてたじゃないか。もうわたしたちの間のことを隠すことはないと言っただろ！」

緒方昇は篠原女史に摑みかからんばかりの勢いで怒鳴りつけるように言った。

「し、失礼します――」

秘書の篠原女史は、さすがに恐怖を覚えたのだろう。声を震わせてそう言うと、逃げるようにして社長室を出ていった。

「緒方社長、凶器のブロンズ製のあの置物には、奥さんの他にあなたの指紋も検出されているんですよ」

青木と緒方昇の両腕にかんぬきをかけて島田が言うと、緒方は目を見開いて驚き、

「あ、当たり前じゃないか！　わたしの部屋のものなんだ。指紋がついていたって、おかしくなんかないだろ！」

と甲高《かんだか》い声を上げて言った。

「ですから言い分は、署のほうでゆっくりお聞きします。どうしても署に行くのがいやだというのなら、今から署に電話して逮捕状を請求しましょうか⁉」

島田がドスを利かせて言うと、

「逮捕状⁉……」

緒方昇の声はひっくり返った。

「さ、行きましょう」

今度は諭すように言うと、緒方昇はがっくりとうなだれて島田と青木に挟まれるようにして従った。

社長室を出ると、さっきの緒方昇の行動がよほど怖かったのだろう、秘書の篠原女

史の姿はなかった。

緒方昇を原宿署に任意同行させ、事情聴取を行った翌日、島田と青木は約束どおり、再び長谷川隆太郎の病室にやってきた。

「どうですか？　今回の事件のことでわたしたちに何か話す気になりましたか？」

島田は、緒方昇を所轄の原宿署に任意同行を求めたことはあえて長谷川隆太郎に伝えずに訊いた。

「うむ。わたしはそう長くはないようだからな。薄々気がついてはいたんだが、わたしは胃潰瘍なんかではなく胃癌の末期だそうだ。社長の緒方や専務らが、主治医に胃潰瘍だということにしておいてくれと頼み込んでいたらしい」

長谷川隆太郎は昨日、主治医と専務らを呼んで、病気について正直に話させ、会社の今後について検討したという。

「――命がそう長くないとなれば、会社を守るもへったくれもない。すべてあなたがた刑事さんに話しておいたほうがいいと思ってな」

「すべてとおっしゃいますと、やはりお嬢さんの睦子さんを殺した犯人に心当たりがあるんですか？」

「何か証拠があるわけじゃない。だが、わたしの命が長くなく、娘がいなくなって一番得する人間となればひとりしかおらんだろ……」

婿同然で社長となっている緒方昇だということを暗に指している。

「悪夢は五年前からはじまったんだ。娘が、あんな事故さえ起こさなければ、緒方につけ込まれることはなかったんだ――」

「五年前、お嬢さんはどんな事故を起こしたんです？」

「交通事故だ。人を撥ねて殺してしまい、その現場を、緒方に見られてしまったんだ……」

五年前の夏、長谷川睦子は大学時代の友人たちと秋川《あきかわ》渓谷にあるコテージに泊まってバーベキューパーティーをして遊んでいたのが、些細《ささい》なことから気分を害した睦子は帰ると言い出して、ひとりで車に乗って国道四一一号線を猛スピードで都心に向かった。

その途中、晴天だった空が突然雷雨になり、視界不良となったがまっすぐな道だったためにスピードを落とさず走っていると、いきなり若い男が道を渡ろうとしているのが目に飛び込んできた。

睦子は慌てて急ブレーキをかけたものの、雨降りのためにスリップして間に合わず、その若い男を撥ね飛ばしてしまったのである。

激しく雨が降る中、長谷川睦子が車から降りてパニックになっていると、声をかけてくる者がいた。

反対車線から車で走って来た緒方昇だった。緒方昇は、誰も見ていない。あとのことは自分にまかせろと言い、睦子に早く立ち去れと言ったという。

「運がいいというか悪いというか、緒方はウチの店でアルバイトをしていた男で、睦子がわたしの娘だということを知っていたんだ――」

緒方昇は携帯電話のカメラで密かに長谷川睦子の車と轢いた若い男の遺体などを写し取っていた。

そして、若い男の遺体を自分の車で渓谷まで運び、足を滑らせて谷に落ちた人がいると目撃者を装って警察に通報したのである。

「警察はなんら疑いを持たなかった。しかし、緒方はわたしと娘を訪ねてきて、いろいろ要求をしだしたんだ」

まず、自分を正社員として採用し、店長にしろと言い出したという。前科持ちの緒方昇にとって、長谷川隆太郎の娘の睦子が起こした交通事故は願ってもないチャンスになったのだ。

「緒方は緒方で必死だったんだろう。たしかに仕事熱心で、彼に任せた店の売上げは常にトップだった。そして、揚げ句の果てに、形だけで構わないから娘と結婚させろとまで要求してきた。もちろん、娘はとんでもないと泣きついてきたが、わたしは店舗を拡大している最中で、銀行からの借り入れもかなりの額にのぼっていた。ここで、娘が交通事故で人を殺し、それをわたしが庇《かば》っていたなんてことが世間に知られれば、会社はもう終わりだ。娘に緒方と結婚させるしかなかった……」

しかし、緒方睦子となった彼女にとって、その結婚は虫唾《むしず》が走るようなものだったに違いない。

だから、入江祐一のような愛人を作り、冗談半分本気半分で、緒方昇を殺してくれないかなどと言うようになったのだろう。

「そんな矢先に、わたしがこんな病気になった。あとは娘が消えてくれれば、会社も財産も緒方の思うままだ。睦子を殺した犯人は、緒方しか考えられん……」

長谷川隆太郎は、残っている力を振り絞るようにして言った。会社の利益を社会貢献事業に使うのも、そうした後ろめたさからだったという。

「緒方昇をもう一度、引っ張る必要があるな」

長谷川隆太郎の病室から出ると島田が言った。

昨日、緒方昇を任意で捜査本部に同行を求めて事情聴取したのだが、緒方は頑《かたく》なに犯行を否認しつづけた。

そして、社長室で叫んだように、二十日の夜の八時から十時までの間は秘書の篠原美佐江《みさえ》の部屋にいたのだと繰り返した。

篠原美佐江と緒方昇は一年前から深い関係になっていて、妻の睦子とは結婚当初から家庭内別居状態だったので、仕事が終わると緒方はいつも篠原美佐江の部屋にいるのだと言うのだ。

だが、所轄の捜査員を篠原美佐江のマンションに行かせて裏を取らせたのだが、篠原美佐江はそんな関係にあることなど一切を否定し、自分の保身のためにそんな出鱈《でたら》目《め》なことを言う社長のもとでは働くことなどできないと長谷川フーズコーポレーションを辞めるとまで言い出したのである。

そして、緒方昇を勾留してさらに取調べをつづけるべきかどうか新井刑事課長と話し合ったのだが、長谷川フーズコーポレーションの社長という立場や社員たちへの影響を考え、逃亡する可能性は低いだろうとして、被疑者ではあるものの釈放することにしたのである。

師走の秋川渓谷は木々も色を無くして寒々しい風景が広がっていた。観光客の姿も皆無だった。

そんな秋川渓谷の神戸沢の上流にある天然の大岩でできた神戸岩のあたりは、怖いくらいの静けさに包まれていた。

「こんなところに呼び出すなんて、いったいなんの真似だ——」

神戸岩から谷底までは百メートルはあるだろう。そのもっと狭い場所で、篠原美佐江は緒方昇にナイフを突き付けるように構えている。

「なんの真似？　まだわからないの？　五年前に上沼公人《かみぬまきみと》をここから落として事故死に見せかけたように、今度はわたしがあなたをここから落としてやるのよ」

篠原美佐江は憎しみの感情をむき出しにして言った。

いつもの感情のない表情と声を出す秘書の篠原女史とは、まるで別人のようだ。

「は〜、おまえ、あの男の女だったのか……」

そうなのだ。五年前、緒方睦子に車で撥ねられた若い男というのは、上沼公人という二十八歳の会社員で、彼には結婚の約束をしていた恋人がおり、それが篠原美佐江だったのである。

「今ごろ気づくなんてバカな男ね——」

だが、傷害事件を起こした前科がある緒方昇は、谷底へ真っ逆さまに落ちるところまで追い詰められているというのに、まるで怖がっている様子はない。それどころか、必死の形相でナイフを構えている篠原美佐江を嘲笑《あざわら》っている。

「公人は風景写真を撮るのが趣味で、あの日も秋川渓谷にカメラを持ってきていた。でも、激しい雨が降り出してきたから早めに帰るって携帯電話が使えるところまで下りてきて、わたしに電話をくれたのよ」

だが、突然、激しい急ブレーキの音とともに上沼公人の叫び声がし、携帯電話の通話が切れてしまった。

篠原美佐江は、これは交通事故に遭ったのではないかと思い、すぐに一一〇番通報したものの、場所がわからないのではどうにもならないと言われ、一応所轄の五日市《いつかいち》署にパトロールしてみるように伝えると言われた。

しかし、その日の夜、上沼公人が発見されたのは路上ではなく神戸岩の谷底で、足を滑らせての転落死だったという連絡が入ったのである。

「わたしは信じられなかった。でも、警察は緒方昇という人がその現場を目撃して警察に通報してきたと言った。わたしは、公人とは携帯電話で話をしていたし、車の急ブレーキの音と彼の叫び声を聞いたんだっていくら言っても信じてもらえなかった……」

事実、上沼公人の遺品に携帯電話はなかったのだが、警察は川に流されてしまったのだろうと探してくれなかった。

「わたしは公人の携帯電話を探したわ。それさえ見つかれば、警察は交通事故だったと信じてくれるかもしれないと思って——同時に、わたしはあなたのことも疑った。でも、いくら調べても公人とあなたの接点は見つからなかった……」

篠原美佐江は、それこそ雨の日も風の日も、雪が降ろうとも上沼公人の携帯電話を探して神戸岩近くで、なおかつ携帯電話の電波が届く道という道を歩きまわった。

そして、ついに二年前、国道四一一号線、通称、滝山《たきやま》街道沿いの草むらで見つけることができたのである。

ずいぶんと時間が経ち、通話記録などのデータの復元は不可能で、本人のものかどうかという証拠といえば、腐りかけていた篠原美佐江がプレゼントしたお揃いのストラップがついているというだけだったが、まさに執念の発見だった。

「あの日、公人はやっぱりこのあたりで交通事故に遭ったんだって確信したわ。最初、犯人はあなたで、事故で撥ねた公人をこの谷まで運んだと思った。そして、あなたに近づいて、確実な証拠を掴もうと思った——」

　すると緒方昇には傷害事件を起こした前科があることがわかった。見た目や学歴を見ても、どうにも不釣り合いなのに、長谷川フーズコーポレーションの社長令嬢と結婚している――これは何かあると、篠原美佐江は睨み、さらに緒方昇に近づくことにしたのだった。

　そして、長谷川フーズコーポレーションで社長の秘書を募集していることを知り、応募して就職することができたのである。

「あなたは、わたしをうまく口説いたと思っていたかもしれないけど、冗談じゃない。わたしのほうから近づいてやったのよ」

　真相を知るためだったとはいえ、緒方に体を触られ、抱かれることは篠原美佐江にとって恥辱と苦痛以外のなにものでもなかった。

「そんなことも知らず、酒に酔ったあなたは、とうとう五年前の秘密をわたしにしゃべった――」

　その日、緒方は妻の睦子が、これ見よがしに愛人の入江祐一を自宅マンションの部屋に呼び、セックスしている現場を目撃したのである。

　睦子に愛情はなかった。しかし、それにしてもあまりにあからさまに侮辱しているとしか思えない睦子の態度に、緒方の腹の虫はおさまらず、篠原美佐江の部屋で酒を飲んで酔い、どうして睦子と結婚できたのかを話してしまったのである。

「それで復讐のつもりであいつを殺し、あたかもわたしが殺したように、アリバイがないように警察に言ったというわけか」

十二月二十日の夜、篠原美佐江は部屋に来た緒方に睡眠導入剤入りの酒を飲ませて眠らせ、緒方の持っている鍵を使って睦子のいるマンションの非常用の出入口から部屋に侵入して、頭をブロンズ製の置物で殴打して殺したのである。

「そうよ。でも、警察は動機も状況証拠も真っ黒なのに、あなたを逮捕しようとしない。だったら、わたしがあなたに裁きを与えるしかないじゃない！」

篠原美佐江がナイフの柄を両手で握りしめ、崖っぷちにいる緒方をまっすぐに見つめて、突進しようとした、まさにそのときだった。

「やめろ！　これ以上、そんな男のために罪を重ねるんじゃない！」

島田が叫ぶように言い、青木とともに姿を見せた。

「!?――あなたがたがどうして、ここに……」

緒方昇と自分の間に割って入った島田と青木に、篠原美佐江は不思議そうな顔を向けている。

「ワケはあとでゆっくり話す。とにかく、バカな真似はやめるんだ。さ、そのナイフをこっちに渡して――」

島田が言っても、篠原美佐江は思い詰めた顔をしてナイフを構えたまま、首を横に振った。

緒方睦子殺しの犯人が、緒方昇ではないと証明したのは皮肉にも篠原美佐江が住むマンションの防犯カメラの映像だった。

病室で長谷川会長の告白を聞いた島田は、緒方昇を容疑者として引っ張ろうと長谷川フーズコーポレーションに青木とともに向かった。

しかし、社長室には緒方昇の姿も秘書の篠原美佐江の姿もなく、誰も行き先を知らないと言う。

どういうことだ⁉――島田と青木は、緒方昇のアリバイの証明をああも必死になって篠原美佐江に訴え、命令した口調と態度を思い出し、もしかするとあれは本当だったのではないかと考えた。

そして、篠原美佐江のマンションの管理会社に、十二月二十日の夜の八時から十一時までに緒方昇の姿が防犯カメラに映っていないか確認をとったところ、八時過ぎに篠原美佐江と緒方昇がマンションに入っていく姿が映っており、十一時ごろにマンションからひとりで出ていく緒方昇の姿も映っていたのである。

（では、何故、秘書で愛人関係だった篠原美佐江は、緒方昇のアリバイを完全に否定したのか!?……）

と思ったとき、病室で聞いた長谷川会長の告白が思い出されたのだ。

島田と青木は五日市署に連絡し、五年前に秋川渓谷で死体で発見されたという若い男の身元や、その男の親族や近親者について訊いた。

するとその中に、何度も「あれは事故なんかではない」と訴えつづけた女性がいたという話が出てきた。

その女性こそ、上沼公人の婚約者の篠原美佐江！——それで、すべてがつながったのである。

「あなたがたふたりは姿を消した。いったいどこへ行ったのか？——そこは、ひとつしかない。すべての悪夢がはじまったこの場所をおいて他にない。確認のため、篠原美佐江さん、あなたが使っている携帯電話会社に、あなたが最後に発信した場所がどこの基地局からなのか調べてもらった。同時に、緒方社長の車についているカーナビのGPS機能に接続して、どこに向かっているかを調べた。そして、ここにたどり着いたんだ」

島田が言い、

「さ、そのナイフをこっちに渡してください――」

青木が篠原美佐江に近づいて言うと、

「来ないで！」

と篠原美佐江は、絶望的な顔をして持っていたナイフを、今度は自分の首に向けて叫び、崖っぷちに回り込んだ。

「なにをする気だ⁉」

島田が言うと、篠原美佐江は見る見るうちに泣き顔になって、

「その男に復讐できないなら、わたしを死なせて！……わたしは、身も心も汚れてしまった。生きている価値なんかないのよ。公人のもとに逝かせてッ……」

と涙声で叫んだ。

「いや、駄目だ！　あなたは生きて、この男に罪を償わせなきゃいけない。そうすることが上沼公人さんへの供養になるんじゃないのか⁉」

島田が言うと、緒方昇は声を上げて笑いだし、

「ははは……ああ、結構だねえ、罪を償ってやるよ。ま、とはいっても死体遺棄だ。懲役三年以下ってところだ。罰金払って、しまいってとこだろ。ははは……」

と言った。

そんな緒方昇に島田は、

「いや、おまえは殺人罪だと、上沼公人はちゃんと語っているんだよ」

と言った。

その言葉に、緒方昇は愕然とし、篠原美佐江は驚きの表情を浮かべて島田を見つめた。

島田は胸ポケットから紙を取り出して、

「これは上沼公人さんの死体検案書だ。これによると、上沼公人さんの肺に、この秋川渓谷の川の水が入っていたことが確認されている。いいか？　だから、五日市署の捜査員は、上沼公人さんは、ここから足を滑らせて落ちて死んだと思ったんだ」

と言うと、篠原美佐江は持っていたナイフを落として、

「ことは……公人は、長谷川睦子に車で轢かれたときは、まだ生きていた⁉……」

と茫然と言うと、がくりと地面に崩れ落ちた。

「そうだ。五年前、事故を目撃したおまえは、上沼公人さんがまだ息をしていることを知っていたんだ。だが、救急車を呼ばず、事故を自分の出世に利用しようと考え、この谷に上沼公人さんを放り投げて殺したんだ！」

島田が緒方昇を睨みつけて言うと、

「ち、違う！　お、おれは本当に、あの男は死んだと思って――」

と緒方昇は空を摑むような仕草をしながらあがくように言った。

「あとは裁判所で言うんだな」

夢遊病者のようにふらふらとその場から逃げようとしている緒方昇の手首に、青木がカチャリと冷たい音を響かせて手錠をはめた。

「さ、行きましょう――」

島田は落としたナイフをコートのポケットにしまい、地面にぺたんと尻もちをついているようにしている篠原美佐江の肩を、やさしく両手で抱えるようにしてやると、篠原美佐江は悲しみとも悔しさともつかない、まるで己の人生そのものを呪《のろ》っているかのような呻《うめ》き声を上げた。

そして、そのやり切れない嘆《なげ》きの声は、色を失っている秋川渓谷の静けさの中にしばらくの間こだましていた――。

刑事の殺意

一〇〇字書評

切り取り線

購買動機（新聞、雑誌名を記入するか、あるいは○をつけてください）	
□（　　　　　　　　　　　　）の広告を見て	
□（　　　　　　　　　　　　）の書評を見て	
□ 知人のすすめで	□ タイトルに惹かれて
□ カバーが良かったから	□ 内容が面白そうだから
□ 好きな作家だから	□ 好きな分野の本だから

・最近、最も感銘を受けた作品名をお書き下さい

・あなたのお好きな作家名をお書き下さい

・その他、ご要望がありましたらお書き下さい

住所	〒				
氏名		職業		年齢	
Eメール	※携帯には配信できません	新刊情報等のメール配信を 希望する・しない			

この本の感想を、編集部までお寄せいただけたらありがたく存じます。今後の企画の参考にさせていただきます。Eメールでも結構です。

いただいた「一〇〇字書評」は、新聞・雑誌等に紹介させていただくことがあります。その場合はお礼として特製図書カードを差し上げます。

前ページの原稿用紙に書評をお書きの上、切り取り、左記までお送り下さい。宛先の住所は不要です。

なお、ご記入いただいたお名前、ご住所等は、書評紹介の事前了解、謝礼のお届けのためだけに利用し、そのほかの目的のために利用することはありません。

〒一〇一－八七〇一
祥伝社文庫編集長 加藤 淳
電話 〇三（三二六五）二〇八〇
bunko@shodensha.co.jp

祥伝社ホームページの「ブックレビュー」からも、書き込めます。
http://www.shodensha.co.jp/bookreview/

上質のエンターテインメントを！　珠玉のエスプリを！

祥伝社文庫は創刊十五周年を迎える二〇〇〇年を機に、ここに新たな宣言をいたします。いつの世にも変わらない価値観、つまり「豊かな心」「深い知恵」「大きな楽しみ」に満ちた作品を厳選し、次代を拓く書下ろし作品を大胆に起用し、読者の皆様の心に響く文庫を目指します。どうぞご意見、ご希望を編集部までお寄せくださるよう、お願いいたします。

二〇〇〇年一月一日　祥伝社文庫編集部

祥伝社文庫

刑事《けいじ》の殺意《さつい》

平成二十二年十月二十日　初版第一刷発行

著　者　西川《にしかわ》 司《つかさ》

発行者　竹内和芳

発行所　祥伝社

東京都千代田区神田神保町三－六－五
九段尚学ビル　〒一〇一－八七〇一
電話　〇三（三二六五）二〇八一（販売部）
電話　〇三（三二六五）二〇八〇（編集部）
電話　〇三（三二六五）三六二二（業務部）
http://www.shodensha.co.jp/

印刷所　堀内印刷

製本所　ナショナル製本

カバーフォーマットデザイン　芥　陽子

Printed in Japan　　ISBN978-4-396-33617-2 C0193

祥伝社文庫の好評既刊

太田蘭三
三人目の容疑者
不可解な錦鯉誘拐事件に続き、多摩川土手で車が炎上、若い男の焼死体が！北多摩署警部補執念の捜査行！

太田蘭三
摩天崖《まてんがい》
警視庁北多摩署特別出動
立川市でバーの店主が殺され、直後、店主と旧知の資産家の娘も隠岐島で失踪。捜査班は一路隠岐へ飛んだ！

太田蘭三
脱獄山脈
刑務所に服役中の元警察官一刀猛《いっとうたけし》の妹が殺された。妹の復讐と自らの無実を晴らすための、脱獄逃避行！

太田蘭三
緊急配備
中央高速道サービスエリアで観光バスが消失し、運転手が死体で発見された。そして捜査線上に元恋人が…。

太田蘭三
赤い雪崩《なだれ》
厳冬の北アルプスで一刀猛は雪崩に遭遇。難を逃れるものの、同行した学生2人が行方不明。捜索後、遺体が3体…。

太田蘭三
蛇の指輪〈スネーク・リング〉
拳銃を盗み失踪した巡査部長を探すため、暴力団へ潜入した香月功は、人混みの中で拳銃を突きつけられた…。

祥伝社文庫　今月の新刊

小路幸也	うたうひと	誰もが持つその人だけの歌を温かく紡いだ物語。
蒼井上鷹	出られない五人	秘密と誤解が絡まり、予測不能の密室エンターテインメント！
森村誠一	殺人の詩集	死んだ人気俳優の傍らに落ちていた小説を巡る過去と因縁。
南　英男	はぐれ捜査　警視庁特命遊撃班	はみ出し刑事と女性警視の違法すれすれの捜査行！
西川　司	刑事の殺意	同期の無念を晴らすため残された刑事人生を捧ぐ…。
小杉健治	仇返し　風烈廻り与力・青柳剣一郎	付け火の真相を追う父と、二年ぶりに江戸に戻る子に迫る危機！
岳　真也	本所ゆうれい橋　湯屋守り源三郎捕物控	一ツ目橋に出る幽霊の噂…。陰謀を嗅ぎ取った源三郎は!?
辻堂　魁	帰り船　風の市兵衛	瞬く間に第三弾！　深い読み心地を与えてくれる絆のドラマ。
睦月影郎	のぞき見指南	丸窓の障子から見えた神も恐れぬ妖しき光景―。
井川香四郎	おかげ参り　天下泰平かぶき旅	お宝探しに人助け、痛快人情道中記、第二弾。
芦川淳一	お助け長屋　曲斬り陣九郎	傷つき、追われる若侍を匿い、貧乏長屋の面々が一肌脱ぐ！
加治将一	舞い降りた天皇(上・下)　初代天皇「X」は、どこから来たのか	天孫降臨を発明した者の正体、卑弥呼の墓の場所を暴く！